AF236904

Das Manifest des Unglücks

Eine Anleitung zur unglücklichen Gestaltung des Lebens

Herstellung
und Verlag: BoD – Books on Demand,
Norderstedt
ISBN: 9783751905275

2. Auflage

Für alle Trauernden

PROLOG

ES ist ein sonniger Sonntagmorgen und keine schlechten Gedanken liegen in der Luft, nur ein sanftes Lüftchen weht bei angenehmen Temperaturen und Sonnenschein. Man könnte fast von einem Idyll sprechen, wollte man ins Poetische abgleiten. Tanjas einzige Sorge dieser Tage im Frühjahr ist es, das passende Thema für die Thesis, die Bachelorarbeit ihres Studienfaches zu finden. Und gerade im Fachbereich Psychologie ist diese Frage nicht eben einfach. Welches Thema liegt denn bloß auf der Hand, welches nicht schon des Öfteren für wissenschaftliche Arbeiten misshandelt wurde? Welches ist ein spannendes und zugleich greifbares Thema, zu dem es Material, Texte, Literatur gibt? Psychologie ist ein unglaublich weites Feld, in dem man sich nicht auf Anhieb zurechtfindet. Unterstützung für Studenten, die sich in einer solchen Zwickmühle befinden, kann man von keiner offiziellen Stelle erwarten. Im Studium lernt man nicht nur den Stoff, man lernt selbstständig zu sein, sich um seine Probleme selbst zu kümmern. Nicht schlecht, aber vielleicht doch etwas zu spät, nachdem man in der Schule jahrelang damit durchgekommen ist, einfache Tafelbilder und Stichpunkte auswendig zu lernen, mit ein bisschen Geschick und Menschenkenntnis irgendwann zu kapieren, was die Lehrerinnen und Lehrer der Schule am liebsten hören wollen und dies dann, in einer halbwegs leserlichen Handschrift, zu Papier zu bringen...

Es ist ein wichtiger Schritt im Leben einer Studentin, zumal diese Thesis nicht der krönende Abschluss des Studiums sein kann. Psychologie besitzt die unangenehme Eigenschaft, dass man im Grunde nur mit einem Master überhaupt etwas anfangen kann. Ansonsten darf man noch nicht einmal Taxi fahren, selbst dazu braucht man ja schließlich eine Lizenz. Es ist paradox: Man arbeitet in der Schule nach dem oben beschriebenen Muster einige Jahre lang vor sich hin, um dann eine bestimmte Note auf einem Blatt Papier zu bekommen, mit dem einen dann der Ernst des Lebens erwartet. Und wenn diese Note nicht gut genug ist, dann kann man sich seinen Traum, ungeachtet der Qualifikation nicht erfüllen, es sei denn man verabschiedet sich nach Österreich oder wartet jahrelang, bis sich der Kultusausschuss seiner Person erbarmt. Diese Abiturnote ist nicht mal der Schlüssel, mit dem man das Tor zur Welt aufschließen kann, es ist lediglich die Anleitung dazu, wie man so einen Schlüssel fertigt. Hat man eine schlechte Note, kriegt man eine dürftige Anleitung, hat man eine gute Note, erhält man eine exaktere. Und dann kommt das Studium, in dem man sich plötzlich selbst durchschlagen muss. In dem man sich dann diesen Schlüsseln zu den schweren Toren der großen weiten Welt anfertigt. Hat man einen Bachelor hat man einen winzigen Schlüssel, der nur in das Türschloss passt, wenn alle günstigen Zufälle zusammenfallen. Mit einem Master hat man dann einen größeren Schlüssel. Je nachdem mit welcher Note man abschließt, umso besser lässt sich der Schlüssel im Schloss drehen. Dies ist das gegenwärtige System der frisch reformierten Bologna-Universität. Und dann? Was erwartet einen hinter dieser Tür? Wer weiß das schon…

Natürlich ist dieser gedanklich doch recht umständliche Weg nur damit zu erklären, dass Tanja nichts einfallen will, worüber sie ihre Thesis schreiben könnte. Ein Blick aus dem Fenster hilft da, ungeachtet der relativen Schönheit, die dieser Blick ihr bietet, nicht wesentlich weiter bei der Entscheidungsfindung. Etwas ablenken, ein paar Meter gehen auf und ab im Zimmer, dann etwas dehnen und zur Ablenkung zwischendurch mal auf das Handy schauen. Das ist seit geraumer Zeit auf stumm geschaltet, um nicht von ständigen Pieptönen vom Ernst des Lebens abgelenkt zu werden. Ein Blick auf das Handydisplay mit einem kleinen Sprung in der rechten oberen Ecke (von einem eher ungeschickten Sturz in nicht ganz nüchternem Zustand herrührend) zeigt direkt an: Mama hat ganze acht Mal versucht anzurufen. Warum ruft sie nicht auf dem Festnetz an? Ach ja richtig, weil das Telefon noch nicht installiert ist in der neuen Wohnung. Wäre ja auch zu schön, wenn das einmal auf Anhieb klappen würde. Aber diesbezüglich hatte schon Vorwarnung von Freundinnen und Bekannten bestanden. Acht Anrufe jedoch lassen nicht gerade auf das Beste hoffen...

Tanja beschließt also, schnell zurückzurufen. Sofort beim ersten Klingeln meldet sich die Mutter am Telefon und noch ohne Begrüßung beginnt sie zu reden. Und so erfährt Tanja sofort, warum die Mutter so dringend versucht hatte, sie zu erreichen. Tanjas Vater habe soeben einen Schlaganfall erlitten heißt es da, er sei im Krankenhaus, der Notarzt sei schnell da gewesen, jedoch sei er noch nicht außer Lebensgefahr. Im ersten Moment bricht eine kleine Welt zusammen, als Tanja diese Nachricht hört. Die Informationen, die Gedanken, die äußeren Einflüsse fliegen wie im Zeitraffer an ihr vorbei. Ist das wirklich möglich? Warum? Wieso? Wie? Fragen, die man sich selbst stellt und die sich nicht beantworten lassen. Das Zeitgefühl verschwindet in solchen Situationen, genauso wie das Gespür für sich selbst. Man lässt los, versucht nicht an sich zu halten, sondern lässt seinen Gefühlen freien Lauf. Trauer, Wut, Unverständnis, Ratlosigkeit…

Man sucht nach rationalen Gründen. Der Mensch sucht immer nach rationalen Gründen, nach Erklärungen, Zusammenhängen. Alles muss eine erklärbare Ursache haben, ansonsten ergibt es keinen Sinn und man kann es nicht logisch in unserer nach Logik lechzenden Denkweise kategorisieren. Und so kommt es, dass man versucht, rationale Zusammenhänge ins Spiel zu bringen. „Mein Vater hat nie geraucht, er hat nicht übermäßig viel getrunken, er hatte vielleicht drei, vier Kilo zu viel auf den Rippen, aber er hat auch Sport getrieben und sich einigermaßen fit gehalten" denkt Tanja und begeht dabei, trotz des Wissens um die menschliche Psyche, denselben naiven Fehler wie die meisten von uns. Was an dieser Stelle nicht heißen soll, dass die Gedankengänge völlig falsch sind. In der Tat hat Tanjas Vater keinen sonderlich ungesunden Lebensstil praktiziert, der einen Schlaganfall hätte begünstigen können, doch ist das eben nicht immer automatisch in Verbindung zu bringen. So wie jemand, der nie geraucht hat, trotzdem an Lungenkrebs erkranken kann. Tanja ist noch nicht aus ihrem Tunnel entkommen, sie ist noch völlig fassungslos, obwohl noch keine Nachricht gekommen ist, dass ihr Vater gestorben sei, fühlt es sich im Moment doch so an, als sei er schon von ihr gegangen, als werde sie ihn nie wieder sehen...

Es gibt keine Formel, wie sich Menschen nach so einer Nachricht verhalten, kein Rezept und erst recht kein richtig oder falsch. Man erwartet von Menschen in dieser Situation eine bestimmte Reaktion, man erwartet, dass sie sich so verhalten, wie es die Normen und Werte einer Gesellschaft von einem verlangen. Doch ist das nicht wieder ein Denkfehler im System des Menschen? Man würde mit Sicherheit mit einem schiefen Blick auf jemanden schauen, der am Grab seines Vaters lächelt, man würde sich fragen: „Trauert diese Person denn nicht?"; doch kann es nicht einfach nur sein, dass diese Person gerade einen wunderschönen Moment durchlebt, den sie mit ihrem Vater hatte? Einen Urlaub, einen Ausflug, vielleicht einfach nur ein simples: „Ich liebe dich?" Und kann man es jemandem vorwerfen, wenn man diesen Augenblick in genau dieser Situation nochmal durchlebt, um mit ihr umgehen zu können? ...

Tanja jedenfalls beginnt erst einmal zu weinen, eine normale Reaktion, erwartbar, gesellschaftlich akzeptiert. Sie muss sich auf das Bett setzen, das in der Mitte der Einzimmerwohnung steht. Nach einigen vergossenen Tränen beginnt sie sich zu sammeln, sich selbst gut zuzureden und immer wieder zu sagen: es sei noch nichts passiert, viele Menschen überlebten so einen Schlaganfall, warte ab und bleib erst einmal ruhig. Mit diesem Selbstbetrug gelingt es ihr zumindest, den Tränenfluss zu stoppen, dreimal tief durchzuatmen und wieder in einer halbwegs klaren Gedankenwelt anzukommen. Es folgt ein Gedankengang bei ihr, der zwar ebenfalls psychologisch verständlich ist, aber eigentlich nicht zu einer Lösung der Situation beitragen kann. Sie müsse ja ein wenig Stärke zeigen, um nicht bei ihrer Mutter noch mehr Trauer auszulösen, sie müsse jetzt die Starke von den beiden sein, wohlwissend, dass ihre Mutter Susanne nicht die mental Stärkste ist und dass sie dieser Vorfall aus der Bahn werfen könnte, sollte er gravierende Folgen nach sich ziehen. Somit vermischt sich das Gefühl von Trauer mit dem Gefühl, Verantwortung tragen zu müssen. Es ist kein schönes Gefühl...

Tanja beschließt nach einer Weile, dass sie in der Lage ist, Auto zu fahren und somit erst zu ihrer Mutter und dann ins Krankenaus. Noch sei ein Besuch ohnehin nicht möglich, solange Vater Wolfgang sich noch in Lebensgefahr befindet. Man werde alles versuchen, um ihn zu retten, gute Ärzte werden mit guter Ausrüstung ihre ganze Expertise nutzen, um den Vater vor dem Schlimmsten zu bewahren, so der Versuch sich ein wenig zu beruhigen. Doch Emotionen lassen die Ratio verblassen, wenn sie so drückend und so schwerwiegend sind, wie die Emotionen, die in Tanja durch diese Nachricht aufgekommen sind. Wie soll man sich denn trösten, wie sollen einen diese Gedanken ernsthaft beruhigen, wenn man nichts weiß um den Zustand ihres Vaters, wenn man durch die starke emotionale Bindung an ihn nur einen Ausgang als günstig erachtet, nämlich den, dass er ohne größere Schäden überlebt und irgendwann völlig gesund und „ganz der Alte" wieder da ist, wo er vor diesem schrecklichen Zwischenfall gewesen ist? Doch Tanja reißt sich, nach diesen Gedanken wieder am Riemen und beschließt abermals stark und gefasst aufzutreten, wenn die Mutter dabei ist. Mit zittrigen Händen kramt sie ihren Autoschlüssel aus der Schublade des Sideboards. Im Grunde passt es ihr ganz und gar nicht, in dieser Lage noch stark sein zu müssen, noch imaginäre Zügel in der Hand zu halten, die eine gewisse Souveränität garantieren sollen, die letztlich aber doch nichts als Illusionen sind, erdacht, um sich selbst zu betrügen; was jedoch nötig scheint, um den Schein nach außen hin zu wahren...

Tanja fährt los und holt zunächst ihre Mutter Susanne ab. Es ist eine merkwürdige Mischung aus verschiedenen Emotionen, die sich über den beiden entlädt, als sie sich in die Arme fallen. Es ist beinahe surreal und doch gibt eine Umarmung in dieser Situation Kraft, auch wenn beide Frauen im Grunde gleich hilflos sind und wissen, der anderen nicht viel vorspielen zu können. Wenn man aus emotionaler Sicht auf solch einen kleinen Anker angewiesen ist, ist es egal wie schlecht das Gegenüber schauspielern kann, man nimmt diesen Anker dankend an. Ein Anker in einem Meer der Tränen, dessen Boden aus unbestimmtem, wachsweichem Material zu bestehen scheint. Tanja gibt sich mehr Mühe mit ihrem Bühnenstück als Susanne es tut. Wahrscheinlich, weil sie eine glaubwürdigere Schauspielerin in der Rolle der starken Frau ist, als es ihre Mutter wäre. Es ist eine Doppelrolle, die sie spielt – zwischen der völlig aufgelösten und trauernden Tochter, die sie ist und die von ihr von außen erwartet werden wird und der starken Tochter, die sich schützend vor die Mutter stellt und daher nicht in ihrer Traurigkeit versinken darf. Dementsprechend wenig decken sich ihre Körpersprache und ihre Worte, die sie – mehr im Affekt als klar denkend – im Auto ausspricht. In der Psychologie nennt man so eine fehlende Kongruenz zwischen Gemeintem und Gesagtem, zwischen Ausstrahlung und Aussprache *Double-Bind*...

Im Krankenhaus angekommen beginnt die nächste Folter für das zu Lumpen zerfetzte Nervenkostüm. Man muss warten, man wartet in einem spärlich eingerichteten Warteraum, ohne zu wissen, wie genau der Stand der Dinge ist. Das Zeitgefühl ist noch immer nicht ganz geradegerückt und so kommt einem jede Minute Wartezeit im Ungewissen vor wie eine Stunde, vielleicht auch zwei oder drei, vielleicht auch eine komplette Ewigkeit. Wenn man jemals wissen wollte, wie sich eine Ewigkeit anfühlt, wenn man in einem solchen Warteraum in einem Krankenhaus sitzt und sich der eigene Vater in einer derartigen Lage befindet, dann wird man den Begriff der Ewigkeit am eigenen Leibe spüren. Zwischendurch die verzweifelten Gespräche mit Susanne, die halb zur eigenen Beruhigung, halb zu ihrer Beruhigung gedacht sind. Am liebsten wäre es Tanja, wenn sie einfach schweigen könnte und ihre Gedanken ordnen könnte, doch das ist im Moment nicht möglich. Eine undankbare Rolle, die sie da übernommen hat...

Wolfgang ist Zeit seines bisherigen Lebens ein aktiver Mann gewesen, einer der den Sport, insbesondere den Fußball geliebt hat. Tanja erinnert sich daran, wie gerne sie ihn des Öfteren bei sich gehabt hätte, wenn sie abends nach Hause gekommen ist, erst Schule, dann raus mit den Freundinnen und Freunden, den lieben langen Tag, meist bis die Sonne untergegangen war und man nach Hause musste, um nicht einen Predigt von den besorgten Eltern gehalten zu bekommen. Oder eben der besorgten Mutter, denn Tanjas Vater ist selten da gewesen. Zu Beginn ihrer Kindheitserinnerungen ist Wolfgang selbst noch aktiver Spieler gewesen und nach dem Training wurde in der Regel noch etwas im Vereinsheim getrunken. Auf alle Fälle ist er meist spät nach Hause gekommen, der Vater, den Susanne immer mit „Wolfi" angeredet hatte, wenn sie ihn ärgern wollte. Diesen Spitznamen hatte er wahrlich gehasst, auch wenn er ihn immer mit einem Augenzwinkern ertragen hat. Dann lieber *Wolle* wie von den Sportsfreunden. Doch die Erinnerungen, die bei Tanja präsent sind, sind schöne Erinnerungen. Wolfgang ist nie ein Choleriker, ein Trinker oder schlechter Ehemann und Vater gewesen. Die gemeinsamen Urlaube in Spanien, Italien oder mit dem VW-Bus in Skandinavien sind allesamt positive Erinnerungen. Es hatte Spaß gemacht, ausnahmsweise etwas Zeit mit der gesamten Familie zu verbringen. Manchmal waren Freunde dabei oder die Nachbarn mit Kindern im selben Alter. Tanja denkt bei sich, vielleicht habe auch sie es damals verpasst, diese Zeit mit ihrem Vater etwas intensiver zu nutzen, anstatt mit den Nachbarskindern und den Kindern der Freunde zu spielen, die man auch im Alltag oft gesehen hat und mit denen man immer etwas anstellen konnte. Doch auch wenn es absurd scheint, sich tatsächlich Vorwürfe zu machen, man habe einen Fehler gemacht und dann versucht sich etwas einzureden, in diesem Moment ist es nun einmal so…

Wolfgang ist bei seinen Kollegen – sowohl denen auf dem Sportplatz, als auch auf der Arbeit oder bei der Partei, der alten Tante SPD – ein hoch angesehener Mann. Er ist ein lustiger Zeitgenosse mit einem guten Gespür für Humor und nimmt sich selbst nie zu ernst. Es ist für Tanja unbegreiflich, wie es ausgerechnet ihren Vater treffen kann. Gibt es nicht so viele schlechte Menschen auf der Welt, die es mehr verdient hätten, in eine solche Situation zu kommen? Es ist eine Party gewesen, eine große Party, nachdem Tanja das Abitur bestanden hatte. Sie ist mit ihren Mädels losgezogen und hat getanzt, geraucht und getrunken. Irgendwann ist es spät geworden, zu spät, als dass man mit öffentlichen Verkehrsmitteln irgendetwas hätte erreichen können. Und das Geld für ein Taxi hätten sie alle nicht mehr zusammenbekommen. In diesem Zustand zu Hause anzurufen wäre wohl eine schlechte Idee gewesen, aber auf Papas Handy, das war wohl in Ordnung. Tatsächlich hatte er sich ins Auto gesetzt und hatte alle vier Freundinnen abgeholt. Tanja weiß von dem Abend nicht mehr viel, aber ihr Vater hat nie darüber geredet, etwas gefordert. Genauso wie er in der Schule nie Leistung gefordert hat oder auf die Einhaltung sinnloser Regeln bestanden hat. Er ist vielleicht nicht immer da gewesen, aber er ist zur Stelle gewesen, wenn man ihn gebraucht hat.

Sicherlich erliegt Tanja der menschlichen Reaktion, nun ein etwas übertrieben positives Bild von Wolfgang zu zeichnen, doch wer will es ihr verübeln? Zur ganzen Wahrheit gehört sicherlich auch, dass er ein sehr ungeduldiger Mensch ist, dass er zu schnell Auto fährt, manchmal auch ohne sich anzuschnallen und dass er nicht verlieren kann, nicht auf dem Fußballfeld, nicht bei der Arbeit, wenn es um Projektplanungen geht und nicht bei einer Wahl mit seiner geliebten SPD. Aber wie verschwindend klein und unbedeutend sind diese menschlichen Marotten, diese kleinen Unausgefeiltheiten, die nun einmal jeder Mensch mit sich herumträgt in diesem Augenblick. Er ist zweifelsohne ein guter Mensch, einer ohne großes Laster, einer mit einer sympathischen, einnehmenden Ausstrahlung, mit Verstand und Humor. Einer, der es nicht verdient hat, einen solchen Schicksalsschlag zu erleiden. Tanja versucht diese vielen Gedanken zu ordnen und beginnt sich krakelige Notizen auf einen kleinen Block zu machen, der in ihrer Tasche steckt. Vielleicht kann man sich so ja ein wenig sortieren...

1

ENDLICH hat das mehr als ärgerliche Warten ein Ende. Und der Kern der Nachricht, die von der nett wirkenden Krankenschwester überbracht wird, ist auf den ersten Blick durchaus positiv zu bewerten. Vater Wolfgang ist am Leben, er befindet sich außer Lebensgefahr und liegt derzeit betreut und beobachtet von medizinischem Fachpersonal auf der Station. Es ist wohl eine natürliche Reaktion, dass Tanja zunächst ein Stein vom Herzen fällt; dennoch geht damit ein Gefühl der Ungewissheit einher, denn eine wirkliche Entwarnung sieht anders aus. Die Fragen bleiben: wird ihr Vater wieder der Alte? Erholt er sich ganz, teilweise oder gar nicht von den Folgen dieses abscheulichen Zwischenfalls? Es scheint in den Sternen zu stehen; wie wird ihre Mutter mit dieser belastenden Situation fertigwerden? Sie ist nie die Frau gewesen, die mit Stress, Druck und Belastung gut umgehen konnte, sie ist nie die Richtige gewesen, um in solchen brenzligen Lagen Entscheidungen zu treffen, Initiative zu ergreifen. Würde Tanja also auch weiterhin die Starke spielen müssen, würde sie die meisten Dinge regeln müssen, die sich nun aus der Krankheit ihres Vaters ergeben würden? Es sind zu viele Fragen auf einmal, auf die niemand eine Antwort geben kann…

Wieder zu Hause in ihrer geliebten und liebevoll eingerichteten einundvierzig-Quadratmeter-Wohnung liest Tanja zum ersten Mal seit heute Morgen ihre Nachrichten auf dem Handy. Es sind einige, die sich in der Zeit ihrer geistigen Abwesenheit angesammelt haben und selbstredend sind weit nicht alle diese Nachrichten relevant. Die einzige Nachricht, die Tanja in diesem Moment wirklich (halbwegs) interessiert, ist die ihrer besten Freundin Stephanie. Sie kennen sich seit ihrer Kindheit, sie ist eine dieser Freundinnen, mit der Tanja die gemeinsamen Urlaube verbracht hat, an die sie vor etwas mehr als einer Stunde so bittersüß gedacht hatte, als sie noch nicht in dem Wissen gewesen ist, dass ihr Vater noch lebt. Stephanie hat gerade ihr Fachabitur gemacht – sie hat es nachgeholt und kommt damit im recht hohen Alter von fünfundzwanzig Jahren (sie ist einen Monat und zwei Tage älter als Tanja) und nach einer abgeschlossenen Ausbilderin als Erzieherin noch einmal in den Genuss sich als Elite fühlen zu dürfen, wobei diese Bildungselite ja mittlerweile aus etwa der Hälfte aller Absolventen besteht...

Nachdem sich Stephanie, die sich vieles in ihrem Leben hart erarbeiten musste und durch einige Höhen und Tiefen gegangen war, nun diesen Erfolg in der Tasche hatte, ist es ihr Plan etwas von der Welt zu sehen, zu reisen, den Horizont zu erweitern. Deshalb brennt sie darauf, in ein fernes Land zu reisen und per Work and Travel ein halbes Jahr dort zu verbringen. Und natürlich ist es ihr Plan, Tanja mit auf diese Reise zu nehmen, mit ihr zusammen dieses Abenteuer zu bestreiten. Und mehr als einmal hat Tanja bis hierhin überlegt, ob sie es nicht machen soll, ob sie nicht ein Semester auf ihr Psychologiestudium verzichten könne. Nach der Bachelor-Thesis könnte man schließlich noch etwas sehen von der Welt, bevor es mit dem Master weitergehen und das Leben in denselben Alltag wie vorher zurückfallen würde. Schließlich hat sie auch nicht wirklich viel Zeit vertrödelt, bis auf dieses eine Jahr, in dem sie mal sitzen geblieben ist und gut, ein Jahr nach dem Abitur hatte sie sich eine Auszeit genommen – zwangsläufig mit einem Notendurchschnitt von eins-Komma-fünf im Abitur statt der geforderten eins-Komma-drei; im Nachhinein hätte sie wahrscheinlich etwas stringenter den Aufstieg auf der Karriereleiter beflügeln können, doch spielt das jetzt noch eine Rolle? Existiert die Vergangenheit überhaupt noch in der Form, in der sie stets vorhanden gewesen ist, nachdem mit dem heutigen Tage ihre persönliche Geschichte neu geschrieben werden muss? Zunächst einmal drängt es Tanja, von dem Vorfall des heutigen Tages zu berichten und Stephanie ist ebenfalls schockiert. Sie kann die Tränen unterdrücken, da sie nur am Telefon mit Tanja verbunden ist. Hätte sie ihr gegenübergestanden, wäre es schwieriger geworden – aus Gründen der Empathie und, weil die Gesellschaft es erwartet, dass man tränenreich auf eine solche Nachricht reagiert…

Es ziehen die Tage ins Land und Wolfgang befindet sich mittlerweile wieder in einem Zustand, in dem man ihn besuchen und sogar ansprechen kann, in der begründeten Hoffnung eine sinnvolle Antwort zu erhalten. Freilich hat sich im Bereich der Themenfindung für die Thesis noch nicht viel getan, obwohl Tanja in den letzten Wochen viel zu Papier gebracht hat. Es sind weniger psychologische als philosophische Überlegungen und Skizzen, vieles davon ist auf die eigene Gefühlswelt bezogen, um ihre irren Gedanken ein klein wenig zu ordnen. Notizen sind gut dafür, man hat sie schwarz auf weiß, kann sie immer wieder durchlesen, verändern, ergänzen und auf ihre Sinnhaftigkeit prüfen. Sie sind nicht nur gut, sie sind wahrscheinlich notwendig. Irgendwie muss man mit den nicht greifbaren, sich immerzu drehenden Gefühlen und Gedanken im Kopf umgehen lernen – warum also nicht so? Mutter Susanne legt derweil Puzzle auf dem Wohnzimmertisch; eine nachvollziehbare Variante, um auf andere Gedanken zu kommen. Tanja ist sichtlich froh darüber, dass ihre Mutter einen sinnvollen, guten Weg gefunden hat, mit ihrer Krise fertig zu werden – vorerst...

Das Schlimme daran, wenn ein einziges Thema, eine einzige schwerwiegende Tragödie das alltägliche Leben bestimmt, ist die Grundstimmung, in die man verfällt. Auf einmal fällt es schwer, noch positive Gedanken zu fassen, positiv zu formulieren, positiv zu denken. Warum ist das so? Tanja als angehende Psychologin hält einen Denkansatz für realistisch: Man ist nicht in der Stimmung dazu fröhlich zu sein, auf Feiern zu gehen, das ist logisch. Aber vielleicht bräuchte man die Ablenkung, man müsste ins Kino oder einen Cocktail trinken gehen, man will endlich mal wieder ein fröhliches Lied hören anstatt der traurigen, die man zuletzt auf die ersten Plätze der persönlichen Playlist gesetzt hat. Doch müsste man sich nicht rechtfertigen für eine solche Verhaltensweise? Wahrscheinlich schon, wahrscheinlich würde die Gesellschaft sagen: „Wie kann man nur solche Lieder hören und anschließend ins Kino gehen, wenn der eigene Vater sich in so einem Zustand befindet?!". Die Gesellschaft würde nicht verstehen, dass es eine normale menschliche Reaktion wäre, die nichts Geringerem als dem Selbsterhaltungstrieb dient, sich nicht vollends in der Depression über das Geschehene zu verlieren...

Erwartet die Gesellschaft in dieser Situation nicht einfach zu viel? Zwingt uns gesellschaftliche Norm und Konformitätsdruck dazu, letzten Endes unseren Selbsterhaltungstrieb zu unterdrücken, was alles andere als normal, geschweige denn gesund wäre? Vermutlich ist das so und vermutlich muss man die Ansichten zum Umgang mit Trauer neu denken. Denn es kann nicht sein, dass man sich der eigenen „Rettung" verweigert, um nicht schief beäugt zu werden. Es wäre, wie man beim Klettern geht, abrutscht und sich gerade eben über der tödlichen Klippe halten kann. Nun kommt jemand mit einem Seil dazu und bietet an, einen daran hochzuziehen. Man ist erst einmal unendlich dankbar, auch wenn man schnell den Hauch von einem schlechten Gewissen verspürt. Irgendwie bedeutet es ja enorme Anstrengung für denjenigen, der einen an dem Seil nach oben ziehen wird. Aber wie nichtig ist dieser Hauch des Gewissens angesichts der eindeutigen Lage, in der man sich befindet.

Also nimmt man das Angebot an und lässt sich hochziehen. Nun sei es aber gesellschaftlich nicht gewünscht, dass man sich in einer solchen Situation retten lässt. Es gibt keine rationale Erklärung dafür, warum es nicht gewünscht ist, im Grunde gibt es auch keine Argumente dafür. Es ist einfach nur ein Wertekonsens, der sich mit der Zeit herausgebildet hat und an dem eine Empörungsgesellschaft, in der sich jeder als moralisch den meisten überlegen sieht, aus Prinzip festhält. Bar jeder Überlegung ist dieser jemand dermaßen fixiert auf sein Ansehen in der Gesellschaft, dass er das Seil nicht nimmt und stirbt. Er ist ehrenhaft gestorben, sagen die meisten, aber entscheidend ist doch, dass er tot ist und dass er sich selbst hätte retten können und dies nur nicht tat, weil man von ihm erwartete, sich nicht zu retten, sich nicht retten zu lassen, sondern den gesellschaftlich akzeptierten Tod stirbt. Sowas ist wohl modernes Märtyrertum. Tanja will, am Ende dieses verschriftlichten Gedankenexperiments angekommen, gar nicht genau wissen, wie viele Seelen diesen Märtyrertod täglich sterben...

Aber so ist nun einmal das Leben mit der Trauer – man hört diese traurigen Lieder, man liest traurige Bücher und schaut traurige Serien und Filme. Man befindet sich in einer ganz eigenen Blase, in der das vorherrschende Motiv der Trauer einen mit sanften Armen und doch mit einem klammen Gefühl gefangen hält. Im Moment liest Tanja ein trauriges Buch auf dem Weg zur Universität, die sie das erste Mal seit dem Schlaganfall ihres Vaters wieder für eine Vorlesung besucht. Das Buch handelt weniger von krankheitsbedingtem Leid oder von medizinischen Krankheitsbildern, dennoch ist es vom Stil und Thema her tief melancholisch. Tanja hatte es schon damals in der Schule gelesen, im Grundkurs Deutsch; und es hatte ihr sehr gefallen, sie hatte es mit Leidenschaft gelesen – was war ihr auch übrig geblieben, wenn sie nach der Durchschnittsnote von eins-Komma-drei geeifert hatte, die sie zum Psychologiestudium berechtigen hätte sollen. Sie hatte es aber, im Gegensatz zu anderen Büchern, wirklich gemocht und konnte nie verstehen, wie andere Mitschüler sich kein bisschen dafür interessieren konnten. Kurz denkt Tanja an ihre Schulzeit zurück, an den Deutsch-Grundkurs. Der Raum, die Sitzordnung in der U-Form, sie in der ersten Reihe, neben ihrer chaotischen aber liebenswerten besten Freundin, ganz hinten die richtigen Chaoten. Aber am meisten denkt sie daran, als die Busse gestreikt haben und Wolfgang, ihr Vater, sie spontan abgeholt hatte. Er stand einfach da vor der Schule auf dem Parkplatz mit seinem Cabrio, einem tollen und schnellen Wagen. Wolfgang hatte schnelle Wagen geliebt, es war eine Leidenschaft von ihm gewesen. Wird er ihr je wieder nachgehen können? …

Es gibt eine Stelle in dem Buch, die Tanja noch aus Schulzeiten markiert hatte. Die Stelle in dem Buch lautet wie folgt: *„Wenn man in die tiefrot gefärbten Augen des armen Mädchens sah, so konnte man aus großer räumlicher und auch emotionaler Distanz erkennen, dass ihre Gefühle zwischen trister Gleichgültigkeit und sehnsüchtigem Verlangen nach einem besseren Leben schwankten. Tränen liefen über ihre Wangenpartie und tropften auf den staubigen Betonboden, so wie ein paar verirrte Regentropfen inmitten einer Wüste aus Trauer und Selbstzweifeln. Wie oft hatte sie die Mutter verflucht und sich vorgenommen, ihr für immer den Rücken zu kehren und wie sehr wünschte sie sich jetzt die Nähe eines Familienmitglieds, völlig gleich welches, Hauptsache diese furchtbaren Schmerzen ließen endlich nach.“*. Da das Schulsystem leider nicht wirklich darauf angelegt ist, sich Inhalte langfristig zu behalten, kann Tanja nun nicht mehr rekapitulieren, warum diese Stelle mit einem damals sicherlich grellen, heute deutlich verblassten Textmarker markiert hat, doch diese Stelle scheint zur aktuellen Situation zu passen. Familie bedeutete Halt und sie gibt einem Halt, wahrscheinlich unabhängig von Alter, Beruf, Lebensentwurf. Familie bedeutet ein Stück weit Geborgenheit und wenn dieses kleine, feine

Stück Geborgenheit wegbricht, und sei es nur in den Gedanken, empfindet man in erster Linie Kälte. In dem Buch geht es um ein junges Mädchen, dass zu Hause Ärger hat, dann abhaut und mit einem kriminellen, aggressiven Mann zusammenkommt. Dieser setzt sie unter Drogen und schickt sie auf den Straßenstrich, als Belohnung erhält sie mehr von der Droge, die mittlerweile zur Sucht für sie geworden ist. Tanja überlegt: Macht es einen Unterschied, woraus Leid resultiert? Wohl eher nicht, denn Leid wird individuell immer als Leid empfunden, unabhängig von der eigentlichen Quelle. Das bedeutet, dass die Quelle des Leidens nicht die Intensität und damit erst recht keine Wertigkeit von Leid bestimmt. Wie sehr ein Mensch und wie sehr dessen Umfeld leidet ist nicht rational zu begründen und damit unmöglich zu skalieren...

2

ES steht also ein Besuch im Krankenhaus an, vor dem Tanja schon seit Stunden graut. Wie hätte sie sich auf die Universität, auf derart unbedeutende und nichtig erscheinenden Vorträge der Dozenten dort konzentrieren sollen, wenn das Damoklesschwert ununterbrochen über dem eigenen Kopf schwebt? Sie will ihren Vater sehen, aber sie will ihn gesund sehen, nicht als kranken, schrecklich leidenden Mann, dem ein kleines, gequält wirkendes Lächeln über die Lippen kommt, weil er noch ein letztes Mal seine Tochter in den Arm nehmen kann. Die Szenarien, die man sich vor dem Betreten des Krankenzimmers ausmalt sind deutlich schlimmer als das eigentliche Erlebnis, die Begegnung. Das ist so und das ist menschlich, weiß Tanja besser als die meisten anderen, abstrakte Ängste nehmen im Gehirn einen größeren Raum ein als konkrete Ängste, da diese auf realen Erlebnissen beruhen, die man leichter verdrängen kann als abstrakte Vorstellungen. Susanne ist auch da, sie ist im Grunde seither zwölf Stunden im Krankenhaus; Sonderurlaub ist ihr gewährt worden, sie kostet ihn aus. Tanjas zweite Angst ist daher eine Mischung aus abstrakten Ängsten und konkreten Erfahrungen. Die konkrete Erfahrung, dass ihre Mutter psychisch ziemlich labil ist und mit derartig stressigen Situationen nicht gut umgehen kann und die abstrakte Angst, ihre ruhenden Depressionen könnten durch das Leid ihres Mannes wieder ausbrechen. In diesem Fall hätte es Tanja wohl mit zwei Pflegefällen in der Familie zu tun...

Der erste Eindruck der Begegnung ist positiver als gedacht. Wolfgang kann sprechen, er kann sich verständlich machen und sogar ein leichtes Lächeln kommt ihm über die Lippen, es wirkt – eingedenk der Gesamtsituation – nicht völlig natürlich, aber nicht so gequält und erzwungen, wie Tanja es zuvor befürchtet hatte. Sie ist erleichtert und zugleich ist es ein klammes, unbehagliches Gefühl in diesem Moment, man kann den Kloß im Hals förmlich spüren und es ist unmöglich, ihn herunterzuschlucken. Tanja redet ein wenig mit ihm, wie es ihm denn gehe und was er denn für Sachen mache. Ein merkwürdiger Spagat zwischen gekünstelter Auflockerung der Situation und Ernsthaftigkeit, Unbehagen und Trauer. Wolfgang ist in der Lage zu antworten und sogar, Tanjas nicht ganz ernst gemeinte Frage mit einem seiner typisch lakonischen Sprüche zu erwidern: „Im Nachhinein weiß ich auch nicht, warum ich das gemacht habe, irgendwie habe ich es mir spaßiger vorgestellt". Es ist Wolfgangs typischer Humor, ein wenig rau, ruppig, doch allenfalls selbstironisch und schlagfertig.

Er ist immer einer gewesen, der Sprüche liebt, der sich gerne verbale Kabbeleien liefert und auf Wortgefechte mit den richtigen Leuten einsteigen konnte, wie kaum ein Zweiter. Wenn er sich mit seinen alten Bekannten Wortduelle geliefert hatte, konnte man diesen gefühlt stundenlang lauschen, ohne dass man einen Anflug von Langeweile verspürt hätte. Man darf die Antwort an dieser Stelle jedoch nicht glorifizieren; es zeichnet ein falsches Bild, wenn man behaupten würde, es sei der alte Wolfgang mit seinem alten Humor, der da antwortet und dieser Schlaganfall sei – wenn überhaupt – ein bedauerlicher Zwischenfall ohne

größere Konsequenzen. Nein, so kann man die Gemenge-
lage nicht treffend beschreiben. Es ist eine gequälte Antwort, wenn auch nicht so gequält wie befürchtet, es ist eine
Art Galgenhumor, es ist der Versuch zu übertünchen, dass
etwas Schreckliches vorgefallen ist und es ist der an sich
absurde Versuch, es in einem weniger schrecklichen Licht
erscheinen zu lassen. Tanja kann das durchaus einschätzen
und ist ihrem Vater dennoch dankbar dafür, dass er versucht sie zu beruhigen. Und auf eine merkwürdige Art und
Weise ist ihm das sogar gelungen.

Susanne, Wolfgang und Tanja plaudern miteinander, es ist
Smalltalk, man muss Smalltalk führen in solchen Momenten. Es bringt nichts, über tiefgreifende Themen zu reden,
man würde den Kranken damit überfordern, oder man
vermutet dies zumindest. Man will aber auch nicht schweigen, schweigen ist unangenehm, es erweckt – wider besseren Wissens – den Eindruck, man habe sich nichts zu sagen. Bleibt nur Smalltalk, der aber auch ein Stück weit
beruhigt und zumindest Ablenkung für Wolfgang schafft…

Im Hörsaal sitzend, in die Luft starrend und nicht auf einen einzigen grünen Zweig kommend starrt Tanja Löcher
in die Luft und überlegt Unzusammenhängendes. Es sind
Gedanken, die um die familiäre Situation kreisen, es sind
Gedanken, die sich mit der Thesis auseinandersetzen, es
sind Gedanken über Australien und den möglichen Trip
mit Stephanie nach Down Under. Will man wirklich nicht
ins Ausland, mal etwas komplett anderes sehen? Auf der
anderen Seite scheint Australien auch nichts mehr Beson-
deres zu sein; jeder fliegt nach dem Abitur nach Australien

und lädt davon Bilder in den sozialen Netzwerken hoch. In den sozialen Medien ist Tanja seit ein paar Tagen beinahe völlig abgemeldet, außer natürlich auf WhatsApp, wo sie regelmäßig mit den Freundinnen kommuniziert, aber die Lust am Anschauen von Bildern aus Urlauben, Clubs oder Bars, Bilder von aufreizend drapiertem Essen oder von bunten Getränken ist ihr vorläufig vergangen. Eigentlich ist sie aktiv in den sozialen Medien, sie haben ja viele gute Seiten, aber durch die Tatsache, dass Tanja familiär vieles zu bewerkstelligen hat, wirkt der Inhalt der sozialen Medien auf einmal irgendwie nichtig…

Kann man sagen, dass sich ihr Leben sonst stark verändert hat? Im Grunde nicht einmal so spürbar. Zumindest nicht in dem Maße, wie man vielleicht denken würde, dass es der Fall ist. Wenn man einen Menschen fragt: „Was denkst du würde passieren, wenn dein Vater einen Schlaganfall erleidet?", würde man vermutlich sagen: „Mein komplettes Leben wird sich auf einen Schlag verändern". Aber so ist es nicht. Natürlich hat Tanja zwei Tage an der Universität verpasst, aber das hätte sie auch, wenn sie eine Erkältung gehabt hätte. Natürlich ist sie nicht mehr so aktiv im Netz, aber sind nicht diejenigen, die nicht mehr mit dem Strom schwimmen und sich eine Auszeit in diesem Medienurwald nehmen, genauso angesagt wie diejenigen, die den ganzen Tag nur am Smartphone hängen und deren Welt aus dem Ansehen und Hochladen von Bildern besteht? Natürlich trägt man einiges mit sich herum, fasst Gedanken, die man sonst nicht fasst, aber es hält sich in Tanjas Augen in Grenzen. Der Mensch ist eine Verdrängungsmaschine. Er versteht es, Gedanken, die einen belasten beiseite zu schieben und so gut es geht zu überschatten. Tanja weiß das als Psychologin und sie weiß, dass es normal ist, dennoch kommt es ihr nicht immer normal vor. Irgendwie kommt sie hin und wieder auf die Idee, sie müsse doch etwas mehr trauern...

Warum überhaupt trauern? Wolfgang lebt, er ist nicht von der Welt gegangen, es bestünde doch sogar ein wenig Grund zum Optimismus, oder sagen wir zumindest zum Zweckoptimismus. Doch das Ungewisse ist für den Menschen ein nicht zu unterschätzender Faktor. Ungewissheit lähmt, sie vermittelt ein Gefühl der Enge und des Unwohlseins. Wird er wieder richtig laufen können? Wird er wieder der Alte? Wird er wieder Sport machen können, so wie früher, als er so oft weg gewesen ist und trotzdem immer schöne Urlaube mit der Familie gemacht hat? Man malt sich das Schlimme aus und alle Versuche, sich etwas Positives einzureden verpuffen, da man seine eigene Psyche zwar teilweise und kurzzeitig überlisten kann aber eben nicht nachhaltig und nicht auf Dauer, sodass man negative Gedanken nicht mit gutem Zureden wegzaubern kann. Wenn alles läuft wie geplant, dann wird Wolfgang in zwei Tagen aus dem Krankenhaus entlassen und wird dann nach Hause zurückkehren. Tanja überlegt, ob sie für eine gewisse Zeit wieder zu Hause einziehen soll, um bei ihren Eltern zu sein, diese mental zu unterstützen, doch diese haben den Vorschlag selbstredend abgewiegelt. Auch dies ist ein Fall für die Psychologie, warum man in solchen Momenten immer noch versucht, die Starke zu sein, zumindest nach außen hin...

Es ist der Tag der Entlassung Wolfgangs aus dem Krankenhaus. Die Ärzte sind der Meinung, dass er sich genügend stabilisiert habe, um in den Kreis der liebenden Familie zurückzukehren; vielleicht eine sinnvolle Entscheidung wenn man bedenkt, dass der Mensch im Krankenhaus nicht wirklich gesund werden kann. Was ist in einem Krankenhaus schon vorhanden, dass den seelischen Zustand in irgendeiner Form verbessern kann? Man ist medizinisch versorgt, durch gezielte Behandlungen können körperliche Leiden gelindert und behandelt werden, aber psychisch ist ein Aufenthalt im Krankenhaus eher als Qual zu beurteilen.

Es beißt einen ein komischer Geruch, wenn man ein Krankenhaus betritt, es riecht steril und klinisch, aber irgendwie meint man dennoch den bittersüßen Geruch des Todes um sich herum zu spüren. Ist das der Geruch des Leids? Hat Leid einen eigenen Geruch? Wenn ja, dann ist es der Geruch, den man sofort riecht, wenn man ein Krankenhaus betritt. Man ist beengt dort, man liegt in einem kleinen Raum, der karg und ebenfalls sehr steril eingerichtet ist, meist zusammen mit einer anderen Person. Geteiltes Leid mag im deutschen Volksmund halbes Leid sein, doch wenn zwei schwerkranke, leidende, unglückliche Menschen in einem Zimmer liegen, ist die Wahrscheinlichkeit, dass sie sicher gegenseitig eher deprimieren als erheitern doch deutlich größer. Und wenn man nicht gerade das Glück hat, auf der richtigen Seite der Zwei-Klassen-Medizin zu stehen, dann kommt man um einen oder gar mehrere Zimmergenossen nicht herum. Tanja hasst Krankenhäuser, sie hat sich noch nie wohl dort gefühlt. Das schlimmste ist, dass der Geruch des Leids aus den Krankenhausfluren in den Klamotten hängen bleibt – ein makabres Souvenir.

Deshalb und weil sie mit der Hoffnung verbunden ist, dass ihr Vater schnell wieder auf die Beine kommt, empfindet Tanja die Nachricht als äußerst positiv. Sie fährt zu ihrer Mutter nach Hause, um dort gemeinsam mit ihr auf den Vater zu warten, der mit einem Krankentaxi nach Hause gefahren wird. Sie betritt das Wohnzimmer, eigentlich sieht alles aus wie immer. Ein paar mehr Sachen als sonst liegen hier und da herum, aber das sind im Wesentlichen Kleinigkeiten. Keiner, der Susanne und ihre Wohnung nicht kennt, würde dieses Wohnzimmer betreten und daraus schlussfolgern, dass hier eine nervlich hoch angespannte Frau lebt, die vor lauter Hoffen und Bangen den Haushalt vernachlässigt hatte. Ein fast vollständig gelegtes Puzzle liegt auf dem Glastisch, der vor der Couch im Wohnzimmer steht. Tanja fragt ihre Mutter, ob sie es gelegt habe und Susanne antwortet nur kurz mit „Ja". Offensichtlich eine gute Ablenkung, eine Methode, um sich auf andere Gedanken zu bringen. Aus psychologischer Sicht ist diese Beschäftigung sehr sinnvoll; man konzentriert sich, macht etwas Kreatives und Entspannendes und hat gleichzeitig wenig Raum, sich mit anderen, tiefgreifenden Gedankensträngen zu beschäftigen. Tanja ist auf den ersten Augenblick beruhigt, dass ihre Mutter diesmal recht gut mit dem Schicksalsschlag zurechtzukommen scheint. Damals, als ihr Vater Helmut, Tanjas Opa, gestorben ist, ist es anders gewesen...

Ein wenig Smalltalk führen die beiden Frauen noch, ihnen ist die Anspannung sichtlich anzumerken, da sie beide lediglich etwas ungeschickt versuchen, ihre Aufregung und Anspannung zu kaschieren. Sie beide haben Wolfgang ja regelmäßig im Krankenhaus gesehen, aber dieses Treffen wird ein anderes sein, er ist wieder zu Hause, er ist wieder voll integriert in die Familie. Tanja hat ihren Plan verworfen, zu den Eltern zu ziehen. Es würde doch nichts bringen, für niemanden. Wahrscheinlich würde sie sich nur mit herunterziehen lassen von dem erstmal völlig anderen Alltag der Eltern. Schöne Erinnerungen an diese Wohnung und die frühere Zeit würden verblassen, ja gar übertüncht werden von traurigen Eindrücken. Ist es moralisch in Ordnung, sich herauszunehmen? Wahrscheinlich ja, denn Tanja wird jeden Tag zu den Eltern fahren, sie wird sie in diesen schwierigen Zeiten begleiten, das ist immerhin ihre Pflicht als Tochter…

Die Bilanz der letzten Tage ist durchwachsen. Wolfgang scheint zwar relativ problemlos und ohne allzu große Eingewöhnungszeit wieder zu Hause angekommen zu sein, doch er ist noch weit davon entfernt, der Alte zu sein. Das Essen fällt ihm schwer, das Reden eher weniger, doch seine Stimme ist etwas leiser geworden und manchmal klingt er etwas gequält, wenn er ansetzt, um zu sprechen. Auch das Laufen scheint für ihn noch mit einigen motorischen Problemen verbunden zu sein. Er bewegt sich ziemlich schleppend vorwärts und schlurft dabei, als wäre er ein alter Mann, was er sicherlich nicht ist. Wolfgang ist immer ein fitter Mann gewesen, er hatte tatsächlich immer die Motivation gehabt, in den Kraftraum zu fahren und seine

Übungen zu machen, mit relativ eiserner Disziplin, die er auch stets als Fußballtrainer eingefordert hatte. Er ist eine Respektsperson gewesen auf dem Platz, das sagen alle, die ihn kennen und die mit ihm im Rahmen von Fußball zu tun gehabt haben. Und auch Tanja, die sich selbst nie so recht für den Lieblingssport ihres Vaters begeistern konnte, hatte sich das immer vorstellen können, wie ihr Vater mit einer Regenjacke, einer Pfeife um den Hals und seinen Sporthosen an der Seitenlinie gestanden hatte und seine Spieler rund gemacht hatte. Tanja überlegt, ob sie sich nicht im Nachhinein mehr Spiele ihres Vaters hätte ansehen sollen…

Noch immer ist Tanja überrascht, dass ihre Mutter mit der Situation klarkommt. Sie hilft ihrem Mann beim Essen, beim Gehen, sie unterhält sich mit ihm, scheint diese Angelegenheit managen zu können. Mittlerweile liegt ein zweites Puzzle auf dem Glastisch vor der Couch. Es stehen ein paar Sachen in der Küche herum, aber es ist nichts Wildes. Tanja spült die paar Teller, Tassen und die eine Pfanne, die dort stehen, während sich ihre Mutter tausendmal bedankt und immer wieder betont, Tanja müsse das doch nicht machen. Wolfgang wirkt teilnahmslos und doch scheint er mitzubekommen, worum es geht. Er stellt Fragen, wie es denn Tanja heute in der Uni ergangen sei, beziehungsweise in ihren Studentenjob. Er ist klarer im Kopf, als Tanja befürchtet hatte und dennoch wirkt es ungewohnt zittrig und unsicher, wenn ihr Vater mit ihr redet. Sie hat immer noch die laute, einnehmende, wenn auch nicht unangenehme Stimme des „alten" Wolfgang im Ohr…

Tanja notiert diese Gedanken auf ihre Zettel in dem kleinen schwarz-blauen Notizbuch auf ihrem Schreibtisch (oder gelegentlich auch an anderen Plätzen ihrer Wohnung, in der gerne einmal das sogenannte kreative Chaos herrscht). Es sind traurige Notizen, die sie sich anfertigt, aber sie sind lyrisch und von einer poetischen, nicht von einer destruktiven Traurigkeit gefärbt. Es sind nachdenkliche Wendungen und Ideen, es sind Gedankenexperimente, Skizzen. Vermutlich würde man es unter *Diverses* am besten zusammenfassen können, was dort in dem Notizbuch niedergeschrieben ist. Immer noch keinen Schritt weitergekommen ist sie indes mit der Frage, von welchem Thema denn nun die Bachelor-Thesis handeln soll. Doch der Gedanke liegt nahe, dass man über ein Thema aus dem eigenen Umfeld schreiben könnte. Man wäre persönlich betroffen, man bräuchte nicht ausschließlich die extrinsische Motivation einer guten Note, sondern hätte auch ein persönliches Interesse an einer gewissen Qualität der Arbeit. Tanja beschließt daher, die Notizen, die da vor ihr brach liegen zu ordnen und zu strukturieren. Man könnte sie als Grundlage nehmen oder sie zumindest einbauen in eine solche Arbeit, man könnte Quellen dazu finden, Texte, Literatur und die persönlichen Erfahrungen mit Fachwissen untermauern. Doch ist dies moralisch überhaupt tragbar? Nutzt man die Notlage des Vaters aus? Nein, denkt Tanja, man verarbeitet sie ein Stück weit damit. Und mit alledem ist schließlich die Hoffnung verbunden, dass diese Situation nur eine kleine, unglückliche Episode in ihrem Leben bleiben wird und dass die Thesis dann nur noch eine düstere Erinnerung an diese Phase sein wird, die tief in der Schublade vergraben und nie wieder hervorgeholt wird...

Das Laufen fällt Wolfgang sichtlich schwer, wenn er sich mit schlurfenden Schritten und einer Art Krückstock durch die Wohnung kämpft. Er besteht darauf, bestimmte Dinge selbst zu erledigen, wie zum Beispiel eine Cola aus dem Kühlschrank zu holen. Doch es ist ein unwirkliches, trauriges und schwer zu ertragendes Bild für Tanja, wenn sie ihren Vater dabei beobachten muss, wie für ihn selbst der Gang zum Kühlschrank eine Qual darstellt. Er redet weniger als vorher; Wolfgang und Susanne scheinen in letzter Zeit – obwohl sie nun, bedingt durch Wolfgangs Hilfsbedürftigkeit, noch enger aufeinander hängen müssen – kaum mehr richtig miteinander zu kommunizieren. Man muss sicherlich bedenken, dass es für beide keine Situation ist, in der man weiß, welche Art der Kommunikation angemessen wäre. Man merkt den beiden den grotesken Versuch an, ein Stück weit Normalität zu bewahren und über die absolut unnormale Situation ein Mäntelchen des Schweigens zu legen. Eine psychologisch einwandfrei nachvollziehbare Vorgehensweise, doch ist diese eben nicht zielführend und blendet einen wesentlichen Aspekt aus, so unschön dieser auch sein mag: wird Wolfgang eventuell Pflege brauchen? Nicht die Pflege der fürsorglichen Ehefrau oder der Tochter, sondern professionelle Pflege einer professionellen Firma? Susanne wird früher oder später wieder arbeiten müssen und Tanja ist Studentin mit einem Nebenjob, was den Zeitrahmen beider erheblich einschränkt...

Mit Wolfgang kann man in diesem Moment nicht über solch eine Maßnahme reden. Ganz und gar unmöglich würde es für Tanja sein, ihren Vater nun auf solch ein Thema anzusprechen. Er ist, das muss man wissen, zu seinen agileren und fitteren Zeiten stets ausgewichen, wenn ein Gespräch auf Leid, Tod, Schmerz, Trauer zu sprechen kam. Er kann mit diesen Thematiken nicht gut umgehen, er blendet sie aus und beschäftigt sich nicht damit, sodass keine traurigen oder trüben Gedanken von ihm Besitz ergreifen können. Wolfgangs Vater, Tanjas Opa, ist seinerzeit selbst an einem Schlaganfall gestorben, relativ früh, im Alter von zweiundsechzig Jahren, dessen Vater, Tanjas Uropa, ist ebenfalls an einem Schlaganfall gestorben, Tanja weiß nicht mehr genau, wie alt dieser damals gewesen ist. Die Vermutung, dass in seiner Familie die Schwachstelle Schlaganfall erblich zu sein scheint, liegt auch ohne medizinische Ausbildung auf der Hand. Wolfgang hätte sich also durchaus mental auf diesen Fall vorbereiten können, er hätte vorbeugen können, doch er hatte es nicht gewollt und hatte lieber verdrängt...

Tanja überlegt, wieder zu Hause in ihrer Wohnung angekommen, ob man mit Susanne darüber reden könnte, was denn mit Wolfgang passieren würde, wenn die beiden Frauen mit der Pflege ihres Mannes bzw. Vaters überfordert seien, wenn sie es mit ihrem sonstigen Leben nicht mehr in Einklang bringen könnten, rund um die Uhr für ihn da zu sein. Es klingt fast ein wenig kalt, wenn man sich diesen Gedanken auf der Zunge zergehen lässt. Könnte es etwas Wichtigeres geben, als einem der engsten Familienmitglieder in einer solchen Situation rund um die Uhr beizustehen? Hat man nicht sogar eine Verantwortung, eine Art Pflicht dieses zu tun? Hat sich nicht der Vater auch um Tanja gekümmert, als diese klein, zahnlos, hilflos, nicht in der Lage zu laufen in ihrem Babybettchen gelegen hat? Es ist ein moralischer Zwiespalt in den man sich begibt, es ist für eine angehende Psychologin hochinteressant die moralischen Maximen zu deuten, die zu diesem Dilemma führen. Der Gewissenskonflikt ist im Grunde recht einfach: „Wie viel Selbstaufgabe kann ich mir gegenüber vertreten, wenn damit Hingabe zu einer mir nahestehenden Person einhergeht?" So schreibt es Tanja als ihre Fragestellung in das Notizbuch, in welchem fortan die Punkte für ihre Thesis gesammelt werden sollen. Sie findet hier und da Material zu solchen Fragen, sie findet sogar einen ziemlich guten Text, der auf Englisch geschrieben ist, doch ihre persönliche Antwort auf diese Frage bleibt zunächst offen. Tanja überlegt, ob sie es sich vorstellen könnte, ihren Vater zu pflegen, mit allem, was dazu gehört. Wenn sie auf ihr Herz hört, ist es ein klares „Nein"…

Der heutige Tag beginnt insofern vielversprechend, als dass Wolfgang in der Lage ist zu lachen und mit seinem schelmischen Grinsen und seinem derbsüßen Galgenhumor ein wenig mehr an den Mann erinnert, den Tanja als ihren Vater in ihren Erinnerungen abgespeichert hat. Er sitzt in seinem Sessel und schaut Fußball, eine seiner früheren und scheinbar ebenso heutigen Lieblingsbeschäftigungen. Trotz seiner schweren Lage ist Wolfgang immer noch vollends im Stande, ein Fußballspiel zu lesen zu deuten und zu kommentieren. „Du musst doch kurz kommen!". Tanja hat keine Ahnung, ob das einen Sinn ergibt, was ihr Vater da gerade zu dem unbekannten, gelb-schwarz gekleideten Mann auf dem leicht flimmernden Bildschirm gesagt hat, aber – nicht nur im Fußball – wäre es für Tanja nur sehr schwer vorstellbar, die Autorität ihres Vaters anzuzweifeln, ganz gleich in was für einem traurigen Zustand er sich befindet. Er will aufstehen und sich eine Cola aus dem Kühlschrank holen. Früher hat Wolfgang zum Fußball beinahe immer Bier getrunken, doch Bier, Whisky, Wein, alles was er vor seinem Schlaganfall geliebt hat, lässt er nun außen vor. Es würde keinen Sinn ergeben, die Ursache seines Hirnschlags im Konsum von Alkohol zu suchen, da Wolfgang nie eine gewisse Schwelle überschritten hatte, die man als problematisch hätte ansehen können. Dennoch scheint es ihm so wohler zu sein, was man eventuell als ein Zeichen von Aktionismus deuten kann, doch wer will es ihm verübeln? ...

Tanja fragt sich, warum Susanne das nicht übernimmt und stattdessen weiter auf der Couch sitzt und ihr Puzzle legt. Für sie wäre der Gang zum Kühlschrank doch nicht nur unwesentlich leichter und das Ziel, dass Wolfgang vor seinem Fernseher sitzen kann und Fußball schauen und sich ganz und gar seiner alten Leidenschaft hingeben kann, wäre um ein Vielfaches schneller erreicht. Stattdessen sitzt sie auf der braunen Stoffcouch und überlegt, wo ein Teil von einem Hausdach denn hinkommen könnte. Es ist ein Panorama der Dächer von Paris, der Stadt, die Tanja gemeinsam mit ihren Eltern als kleines Kind besucht hat, um sich das Disney-Land anzuschauen. Schöne Erinnerungen werden wach, doch zugleich schmerzen diese Erinnerungen nun, da sie nicht nur aus der Vergangenheit erzählen, sondern auch von einem vergangenen Zustand berichten, der so höchstwahrscheinlich nie wieder erreicht werden wird. Es ist ein großes Übel solcher Situationen, dass selbst bei schönen Erinnerungen nun etwas unterschwellig Trauriges mitschwingt. Warum holt ihre Mutter ihrem Vater nicht einfach die Cola? Tanja überlegt, ob es vielleicht einfach wichtig für Wolfgang sein könnte, sich ein Stück weit eine Autonomie gegenüber der Familie zu bewahren und in einem gewissen, ihm möglichen Maß, selbstständig zu sein. Wie ein kleines Kind, das seine ersten Schritte macht, sein erstes Bild malt, das erste Mal telefoniert und dann sagt: „Jetzt bin ich schon ein großer Junge oder ein großes Mädchen". Der Gedanke ist mehr als schmerzhaft sich den eigenen Vater, der früher gejoggt, geradelt ist und Fußball gespielt hat, als Kind vorstellen zu müssen, das stolz auf seine ersten Schritte ist; doch wahrscheinlich ist eben dies der Fall und Tanja würde nicht daran denken, ihrem Vater dieses bisschen Stolz, was er in seiner Lage empfinden kann, infrage zu stellen...

Aber er ist nicht schlecht gelaunt. Auch nach dem Spiel sind ihm seit Langem ein paar fröhlichere, optimistischere Töne zu entlocken. Wie es denn der Tochter gehe an der Uni, was in der Lokalzeitung gestanden habe, wie schön das Wetter doch noch einmal geworden sei, es sind keine tiefgründigen Themen, die am Tisch besprochen werden, aber es sitzen Vater, Mutter und Tochter an einem Tisch und reden über alltägliche Bedeutungslosigkeiten, so wie es auch in einer normalen Situation an einem Sonntagmittag getan werden würde. Auch wenn dieses kleine bisschen Realität noch so trügerisch ist, manchmal ist es doch einfach viel schöner, sich betrügen zu lassen, als die bittere Wahrheit anzusehen, als sich den sonnigen Mittag von einer dunklen Trauer überschatten zu lassen. Ein sonniger Sonntagmittag und keine schlechten Gedanken liegen für eine kurze Zeit in der Luft, nur ein sanftes Lüftchen weht bei angenehmen Temperaturen und Sonnenschein...

3

TANJA und Stephanie sitzen an einem Tisch vor der Mensa der Universität und trinken Cappuccino. Sie reden in erster Linie über banale Themen, über die sie auch schon gesprochen haben, bevor Tanjas Leben sich im Nu verändert hatte. Stephanie selbst studiert nicht, aber der Campus ist bei schönem Wetter ein idealer Platz, um sich zu treffen und zu reden, um die frische Luft und den Geschmack des guten Cappuccinos zu genießen. Es geht noch einmal um Australien und um Stephanies Vorhaben, dorthin zu fliegen, zu arbeiten und durch das Land zu reisen, quer feldein, ohne Plan und ohne Hintergedanken. Vor allem der Punkt mit den Gedanken hat für Tanja eine gewisse Attraktivität, weit weg und ohne Gedanken – wäre das nicht wie eine Kur? Könnte man sich so etwas nicht sogar als medizinische Rehabilitationsmaßnahme bewilligen lassen? Doch Tanja bleibt aus ihrer eigenen Sicht, die sie selbst freilich als objektiv empfindet, nichts anderes übrig als dieses Angebot trotz dessen Attraktivität aus rationalen Gründen abzulehnen. Das Studium, die Familie; wie sollte all das geregelt werden, wenn sie sich fernab von zu Hause im Outback durchschlagen würde? Es scheint ihr schier unmöglich, es scheint ihr schon manchmal unmöglich, die Stadt auch nur für ein paar Stunden zu verlassen, es könnte ja etwas passieren…

Tanja und Stephanie reden über Tanjas Umgang mit dem allesbeherrschenden Thema. Laut Stephanie sieht Tanja irgendwie müde und kaputt aus, ihre Augenringe seien ziemlich tief und irgendwie wirke sie weniger schwungvoll und kraftvoll, ja fast gar nicht mehr schwungvoll, sondern ziemlich kaputt – nicht nur mental, auch körperlich. Ist es in so einem jungen Alter gesund, körperlich schon dermaßen mitgenommen zu wirken und wahrscheinlich auch zu sein? Sicherlich nicht. In keinem Alter ist dies gesund aber erst recht nicht, wenn man sich gerade in der Mitte der Zwanziger befindet. Stephanie rät Tanja davon ab, auch noch ihre Bachelor-Thesis zu diesem Thema zu verfassen, da es ihr nicht sinnvoll erscheint, der Trauer und dem Leid einen noch höheren Stellenwert einzuräumen, als diese ohnehin schon in ihrem Leben einnehmen. Doch von dieser Idee lässt sich Tanja nicht abbringen. Tanja erinnert sich an den Film *Inception*, den sie mit ihren Freundinnen im Kino gesehen hat. Dort wird der Versuch unternommen, jemandem einen Gedanken einzupflanzen. Wer auch immer den Gedanken bei Tanja gepflanzt hat, er hat gute Arbeit geleistet...

Nichtsdestotrotz oder gerade deswegen, *wegen* der Situation, in der Tanja sich befindet, beschließen die beiden Freundinnen, mit noch ein paar weiteren Freundinnen, Bekannten und Kommilitoninnen, auf eine Feier zu gehen. Etwas trinken, etwas tanzen, ein wenig Unsinn erzählen und sich über die andern Frauen und Männer um einen herum lustig zu machen, was man eben in einer normalen Situation als junge Gruppe von Studentinnen und gackernden Hühnern so macht, um dem Wochenende einen gewissen Sinn zu verleihen. Tanja muss zwar immer wieder zwischen ihrem schlechten Gewissen und ihrer eigenen großen Lust, diesen Abend mit ihren Freundinnen zu verbringen abwägen, kommt aber letztlich doch zu der Einsicht, dass sie ein Stück weit Normalität leben müsse, um nicht genauso krank zu werden, wie ihr Vater, um nicht zum zweiten, vielleicht dritten Patient im engeren Familienkreis zu werden. Genau weiß Tanja nämlich immer noch nicht, wie ihre Mutter mit der Situation zurechtkommt. Sie wirkt nach außen hin nach wie vor gefasst und hatte Tanja entschieden darin bekräftigt, den Abend mit den Mädels zu verbringen, doch auch sie sieht äußerlich ziemlich kaputt aus. Zeichen des Stresses? Zeichen des Alters, in dem man nun einmal die eine oder andere Falte mehr hat? Oder doch ein untrügliches Zeichen dafür, dass etwas nicht stimmt? Tanja fühlt sich nicht in der Lage, diese Frage final zu beantworten; zudem ist es ihr an diesem Abend – so kaltherzig dies im Moment klingen mag – ziemlich egal. An diesem Abend muss es Ablenkung geben. Tanja überlegt, ob sie ihr rotes Top anziehen soll, doch letzten Endes entscheidet sie sich für das schwarze, einfache Oberteil. Man muss es ja nicht gleich übertreiben...

Am nächsten Morgen – obwohl man dazu erwähnen müsste, dass es aus neutraler Sicht eher Mittag ist und es ihr nur so vorkommt, als sei noch Morgen, da sie erst vor kurzem aufgestanden ist – setzt Tanja sich an ihre Thesis und schreibt weitere Thesen auf, die sie zu dem ganz persönlichen Umgang mit der Trauer aufgestellt hat. Das nächste Kapitel wird sich wohl aufgrund der gestrigen Ereignisse mit dem Thema Verdrängung befassen. Psychoanalytisch betrachtet ist nicht einmal vollends geklärt, ob eine echte Verdrängung stattfinden kann, ob man gravierende, prägende Ereignisse und Gedanken, die damit zusammenhängen, überhaupt verdrängen kann. Tanja ist der Auffassung, dass dies zumindest temporär möglich ist, wie man am Beispiel des Abends mit ihren Freundinnen erkennen könne. Verdrängung sei schließlich ein aktiver Prozess und dadurch klar von dem bloßen Vergessen, dem „Sich-nicht-mehr-erinnern-könnens" abzugrenzen.

Als Quelle – es handelt sich bei einer Thesis nicht um einen Erfahrungsbericht, sondern eine wissenschaftliche Arbeit, die sich auf fundierte Quellen stützen muss – beruft sich Tanja dabei auf Sigmund Freud, den Urvater, die All-zweckwaffe der Psychologie. Durch eine Verdrängung verliert der eigentliche Trieb, die Trauer, nicht seine immense Energie, diese wird nur ausgelagert an die moralische Instanz des Über-Ich, eine Art selbst kreierten Wertekanons, der durch frühkindliche Prägung entsteht. Der Gegenstand der Verdrängung komme jedoch meist aus dem Es, den gezügelten und durch die Werte des Über-Ichs reglementierten Trieben. An dieser Stelle setzt Tanja ihre erste große Kritik an, ohne diese mit Nachweisen zu belegen. Es scheint ihr absolut zu reichen, hier aus dem gesunden Menschenverstand heraus eine Kritik zu formulieren. Nach Freud wären es doch stets gesellschaftlich eher weniger akzeptierte Gedankengänge, die man verdrängt und an das Über-Ich auslagert, um sich nicht gesellschaftlich zu diskreditieren. Doch in ihrem Fall scheint es doch gerade ein gesellschaftlich akzeptierter, ja dort sogar gewünschter Vorgang zu sein, den sie verdrängt. Nämlich zu trauern und sich zurückzuziehen, wenn ein schlimmes Ereignis in der Familie sich ereignet. In dem Fall bemüht Tanja den

Mechanismus der Verdrängung eher aus einem Selbstschutz heraus, denn aus Konventionszwang.

Des Weiteren erschließt sich Tanja das Konzept der Urverdrängung bei Freud nicht. Man müsse sozusagen eine erste, große Verdrängung erleben, die dann die Grundlage für weitere, spezifische Verdrängungsprozesse bieten solle. Freud, so schreibt es Tanja, argumentiere zu einseitig und lasse das von ihm stets verfolgte Konzept eines einzigen Ursprungs auch an dieser Stelle durchblicken; ebenso wie er die moralischen Schuldgefühle, die unter anderem zur Unterdrückung von Eros oder Todestrieb führen, einzig auf die Menschheitssünde der Urvatertötung zurückführt. Diese Argumentation stützt Tanja auf ein paar Quellen, die sich im Internet zu dem Thema finden lassen. Weitergehende Literatur braucht sie an dieser Stelle nicht, so ihr eigenes Empfinden. Schließlich müsse sich doch jedem Menschen, der bei klarem Verstand ist, erschließen, auf was Tanja hinaus will. Und doch scheint sie dabei einen Kardinalfehler zu begehen: sie schließt von ihrer Perspektive auf die Perspektive anderer. So geht sie fälschlicherweise davon aus, dass auch ein eventueller Prüfer bei der Thesis ihre Gedanken kennt und sich in ihre Argumentation auch ohne Quellenhinweise hineindenken kann. Doch die Wissenschaft ist ein kaltes Geschäft, in dem die Empathie und das Einfühlungsvermögen eine ziemlich untergeordnete Rolle spielen. Tanja müsste das nach fast drei Jahren des Studiums eigentlich wissen, doch sie verdrängt es an dieser Stelle bewusst. Wissenschaft hat in der Gesellschaft einen hohen Status, sie ist objektiv, sie ist progressiv, sie erklärt die Welt. Doch sie ist eben auch technisch, statisch, kalt. Tanja weiß

das, doch sie lagert diese Gedanken an ihr Über-Ich aus, da
sie diese Gedanken für ihre momentane Arbeit nicht gebrauchen kann. Ist das nicht wahre Rationalität im psycho-
analytischen Sinne? Sigmund Freud dürfte sich an diesem
Beispiel einmal mehr bestätigt fühlen...

4

NACH einigen Tagen, die nun vergangen sind, an denen Tanja regelmäßig im Elternhaus zu Besuch gewesen ist, lässt sich mit einer traurigen Sicherheit sagen, dass im Krankheitsverlauf ihres Vaters keinerlei Regelmäßigkeiten festzustellen sind. Am einen Tag scheint er relativ unbeschwert laufen, essen und sprechen zu können, er lacht dann auch mal, kann sich für ein Thema begeistern und spricht darüber; am nächsten Tag ist er deprimiert, in sich gekehrt, starrt emotionslos auf seinen Fernseher oder liest die Zeitung und lässt sich trotz ehrenwerter Versuche seitens Tanja und Susanne nicht in ein Gespräch verwickeln. Es schafft ein merkwürdiges Klima im Wohnzimmer, wenn er so alleine dasitzt, so verloren, klein und hilflos wirkt er, als habe man ihn übersehen und ein Stück weit auch, als wolle er übersehen werden. Es ist ziemlich schwierig für Tanja zu ihren Eltern zu fahren, solange sie nicht weiß, was sie dort genau erwartet. Der den Umständen entsprechend fröhliche Wolfgang, der deprimierte und apathische Wolfgang, die ziemlich gefasste und ruhige Susanne oder die verwirrte und überforderte Susanne, die in letzter Zeit wieder vermehrt zum Vorschein kommt. Die Ungewissheit ist für Tanja genauso schlimm, wenn nicht sogar ein bisschen schlimmer als die Gewissheit des Unguten...

Heute ist einer dieser Tage, an dem Tanja ihren Vater nicht wiedererkennt. Er schafft es kaum, aus seinem alten, schweren, gemütlichen Sessel aufzustehen und sich über ein paar Meter zum Küchentisch zu bewegen. Zwei Versuche braucht er, um sich überhaupt aufzuraffen, um letztlich auf beiden Beinen zu stehen. Seine Beine, früher kräftig mit muskulösen Waden und dicken Oberschenkeln, sind dünn und fast etwas klapprig geworden. Jedenfalls sind sie nicht mehr die Stützen, die sie über lange Zeit einmal waren, auf denen man ohne darüber nachzudenken ein Bein vor das andere setzen konnte. Dadurch, dass die Beine dünner, die Muskeln weitestgehend verschwunden sind, sieht man Wolfgangs O-Beine noch stärker, die er hat, seit Tanja denken kann. Er quält sich wie ein uralter Mann auf seinen Stuhl am Küchentisch, sein Körper zittert ein wenig, ganz so als habe er soeben Hochleistungssport betrieben. Susanne ist die Tage über sehr mit dem Haushalt beschäftigt gewesen. Wäsche waschen, Böden putzen, Staub wischen, saugen. Manche Aufgaben hatte Wolfgang im Haus übernommen, doch diese Art der Unterstützung ist nun weggefallen. Daher hat Tanja das Essen zubereitet. Sie kocht ähnlich wie ihre Mutter. Auf ihre Frage an Wolfgang gerichtet, ob das Essen schmecke, kommt nur ein leises, kaum vernehmbares „Ja, sehr gut"…

Im Grunde ist das Haus fast zu groß für die beiden alleine. Es ist das Haus, in dem sie früher zu dritt gewohnt haben, oft auch mit noch mehr Leuten. Oft haben Tanjas Freundinnen hier übernachten dürfen; da es ein großes und damals sehr modernes Haus gewesen ist, ist es immer ein beliebter Treffpunkt gewesen. Im Vergleich zu heute ist damals viel Leben und gute Stimmung in diesem Haus gewesen. Schöne Erinnerungen, die ebenfalls vor dem Hintergrund der aktuellen Situation zu verblassen drohen. Bilder zeugen davon, Bilder im Flur und über der Kommode, die Tanja als Kind zeigen und als Teenager und als erwachsene Frau. Ein Bild stammt vom letzten Weihnachten und zeigt alle drei zusammen auf der Couch. Auf dem Bild sind eine für ihr Alter recht jung und hübsch aussehende Frau mit ein paar Falten, die von der einen oder anderen schwierigen Phase des Lebens zeugen lassen, doch durch ein natürliches und sympathisches Lächeln kaum auffallen; ein Mann mit einem breiten Grinsen, die Haare fast ergraut, nur noch ein paar braune Haare sind dabei, er hat breite Schultern und trägt ein kariertes Hemd; eine junge Frau, die aschblonden Haare ein wenig heller getönt, als sie von Natur aus wären mit einem weißen Oberteil und einem Lächeln, bei dem die vorderen Zähne gezeigt werden. Hätte dieses Lächeln nicht noch fröhlicher und intensiver sein müssen? Nein, nicht, wenn man bedenkt, dass dies vor jenem schrecklichen Ereignis aufgenommen ist. Dürfte Tanja noch einmal auf dieses Foto, wäre ihr Lächeln um ein Vielfaches breiter...

Sie räumt den Tisch ab und fühlt sich ein wenig genervt dadurch, dass ständig eine Bemerkung ihrer Mutter wie eine Stimme aus dem Off ertönt, dass sie doch ebenso abräumen oder spülen könnte. Tanja ist sich durchaus bewusst, dass ihre Mutter in der Lage ist, einen Tisch abzuräumen und schmutzige Teller, Messer, Gabeln und Gläser in die Spülmaschine zu verfrachten. Doch wenn sie schon einmal da ist, ist es für sie auch kein Problem, ein wenig Belastung von ihrer Mutter zu nehmen und sich um diese marginalen Handgriffe im Haushalt zu kümmern. Früher ist Tanja wohl recht verwöhnt gewesen. Viele Aufgaben im

Haushalt sind ihr nie zuteil geworden, im Grunde hatte sie immer nur ihr Zimmer aufräumen müssen und hin und wieder hatte sie ihrer Mutter beim Kochen zuschauen sollen, damit sie etwas lerne und sich, im Falle eines späteren Einzugs in eine eigene Wohnung, nicht von Dosen-Ravioli und Fünf-Minuten-Terrine werde ernähren müssen. Ansonsten hatten ihre Eltern das meiste für sie übernommen und daher scheint es Tanja kein besonderer Akt der Großzügigkeit zu sein, hier und da ein paar Handgriffe in dem für zwei Personen zu großen Haus zu tätigen...

Es muss ziemlich taktlos rüberkommen, wenn Tanja den Gedanken anspricht, dass es vielleicht sinnvoller wäre, sich eine kleinere Wohnung zu suchen. Rein rational dürfte es eine sinnvolle Entscheidung sein, insbesondere deswegen, weil Wolfgang in seinem aktuellen Zustand kaum in der Lage ist, die Treppen in den ersten Stock zu erklimmen. Zwei-bis dreimal die Woche nimmt er dies auf sich, da die Dusche sich im Bad befindet, welches wiederum im ersten Stock gelegen ist, doch ein dauerhafter Zustand kann dies wohl kaum sein, dass der Gang ins Bad mit solchen Strapazen verbunden ist. Auch das Schlafzimmer befindet sich eigentlich eine Etage höher, doch zurzeit schläft Wolfgang auf der Couch. Eine ebenfalls sehr unbefriedigende Lösung, da Susanne kaum schlafen kann, wenn sie nicht weiß, wie es ihrem Mann gerade geht, wenn er unten auf der Couch liegt und sie ihn nicht sehen kann. Dementsprechend wenig Schlaf bekommt Susanne, dementsprechend saft-und kraftlos wirkt und ist sie. Tanja beschließt, erst einmal nichts diesbezüglich anzusprechen. Sie geht ins Bad, um ihre Hände zu waschen...

Tanja trocknet sich die Hände ab und will das Handtuch, welches sie nun benutzt hat, in den Korb mit der schmutzigen Wäsche stecken. Dieser steht schon immer an derselben Stelle, rechts hinten im Bad in der Ecke. Ein Korb, der aus braunem Bast handgefertigt ist. Wolfgang und Susanne haben ihn aus einem ihrer früheren Urlaube in der Karibik mitgebracht, die sie zusammen unternommen hatten, bevor die gemeinsame Tochter in Planung gewesen ist. Ein wenig in Gedanken an die alten Urlaubsfotos ihrer damals noch jungen Eltern schwelgend, kommt Tanja mit dem Handtuch an ein paar Dosen, die auf dem Tisch neben dem Waschbecken stehen. Tanja hatte nicht explizit darauf geachtet, dass diese dort standen, ihre Mutter hatte schon immer einen Hang zu einer gewissen Unordnung aus Döschen, Verzierungen, Figuren, Vasen. Als Tanja die Dose aufhebt erkennt sie die unheilvolle Farbe jedoch wieder. Es sind die Antidepressiva, die ihre Mutter früher immer genommen hatte, dieses schreckliche kleine Döschen, das aus ihrer fröhlichen, hübschen Mutter eine meist schlafende, verwirrte und irgendwie geistig abwesende Frau gemacht hatte. Im Nachhinein weiß Tanja, dass ihre Mutter damals nicht fröhlich gewesen ist, dass es vielmehr eine schauspielerische Glanzleistung ihrerseits gewesen ist, die dazu geführt hatte, dass Tanja dieses Bild von Susanne gehabt hatte. Aber trotz dieses Wissens, warum Susanne diese Medikamente damals eingenommen hatte, hatte sich doch das Bild eingebrannt, dass diese Medikamente, dieses Döschen Schuld an der Misere ihrer Mutter gewesen sind. Unschöne Erinnerungen kommen in Tanja hoch. Sie stellt das Döschen zurück. Sie geht zurück nach unten ins Wohnzimmer; dort sitzt ihre Mutter und puzzelt, ihr Vater sitzt vor dem Fernseher und schaut Nachrichten. Tanja bleibt einen Moment auf der Treppe stehen. Sie ist geistesabwesend – nur ein leises „Alles okay, mein Kind?" kann sie von ihrer Mutter vernehmen...

Die guten Tage, die Tage, an denen Wolfgang gewissermaßen fröhlich und kommunikativ daherkommt, sind immer seltener. Normalerweise denkt man, es müsste ihm mittlerweile leichter fallen zu laufen und sich zu bewegen, doch das Gegenteil ist der Fall – er scheint immer mehr durch seine Unfähigkeit belastet zu sein, alltägliche Dinge ohne Probleme und ohne fremde Hilfe tun zu können. Und mittlerweile scheint er etwas zu tun, was früher undenkbar bei Wolfgang gewesen ist: er lässt sich hängen, er scheint nicht mehr zu hundert Prozent daran zu glauben, aus eigener Kraft etwas erreichen zu können. Bisher hat er noch keine Rückmeldung erhalten, in welchem Stadium der Bearbeitung sich sein Antrag auf Rehabilitation befindet. Es wäre im Grunde längst Zeit, dass er professionelle Hilfe erhält und nicht nur lediglich die bemühte und doch laienhafte Hilfe der Familienangehörigen, die – so liebevoll und ehrlich sie auch ist – nur zur Linderung und nicht zur Besserung der Symptome beitragen kann...

Tanjas Vorlesung, die sie diesen Nachmittag besucht, geht, ohne, dass sie irrelevant für ihr weiteres Studium wäre, an ihr vorüber. Sie hört die Worte, die gesprochen werden, doch diese zu sinnvollen, zusammenhängenden Informationsträgern zusammenzubasteln ist ihr in der aktuellen Verfassung völlig unmöglich. Stattdessen denkt sie über ihr Leben nach und über ihre Thesis, über ihre Thesen zum

Thema Unglück und Trauer. Im Grunde ist sie das Paradebeispiel für jemanden, der diese negativen, drückenden Emotionen zu nahe an sich heranlässt und somit das eigenen Leben in einem schlechteren Licht erscheinen lässt, als es erscheinen müsste. Sie wäre die perfekte Autorin für eine Anleitung, ein unglückliches Leben zu führen. Freilich ist dieser Gedankengang eine – aus psychologischer Sicht spannende – Mixtur aus Trauer, Verbitterung, Ironie und Selbstzweifeln, doch ganz aus dem Nichts gegriffen ist dieser Gedankengang auch nicht. Und so beschließt Tanja den Titel ihrer Thesis: „Eine Anleitung zur unglücklichen Gestaltung des Lebens". Wobei: klingt das technisch genug? Wissenschaftlich genug? Heißt so eine große Schrift, eine grundlegende Schrift? Nein, wahrlich heißt so eher eine Broschüre, ein Flyer oder das Programm eines Kabarettisten, der die Marotten der deutschen Gesellschaft und ihrer Trauerkultur lächerlich machen will. Ihre Schrift sollte grundsätzlicher und bedeutender sein; sie ist im Grunde ein Manifest. Sie ist *„Das Manifest des Unglücks"*...

Tanja schreibt während der gesamten Vorlesung in einem enormen Tempo an einem zusammenhängenden Text, der den ungewöhnlichen Namen und die ungewöhnliche Themensetzung der Arbeit erklären und für die Prüfer begreiflich machen soll. Diese müssten sich auf eine etwas andere Art der Prüfung gefasst machen, wenn sie das *Manifest des Unglücks* lesen würden, doch da müssten die Prüfer durch, so denkt sich Tanja, es könne schließlich nicht sein, dass ihre Gedanken alleine aufgrund einiger Formalien, die von praxisfernen Studienabsolventen vor langer Zeit festgelegt worden waren, durch ein Raster fallen sollen. Doch dafür sind ihre Gedanken zu brennend, zu therapeutisch ist das Schreiben, das Weiterdenken ihrer Situation für Tanja. Das Schreiben hilft ihr dabei, das alles zu verarbeiten und es könne ja wohl nicht im Sinne der Prüfer oder eines Prüfungsamtes sein, dass ihre intrinsische Motivation, diese Arbeit fertigzustellen – und sie gut fertigzustellen – zerstört würde, da die Arbeit nicht den gängigen Konventionen entspricht...

In ihrem Schreibfluss merkt Tanja nicht, dass die Vorlesung soeben zu Ende gegangen ist und die ersten Studenten bereits, wuselig wie ein Haufen Ameisen, aus dem Hörsaal herausströmen. Erst als ihre unmittelbare Sitznachbarin sie bittet aufzustehen, damit diese den Saal verlassen könne, realisiert Tanja, dass sie eineinhalb Stunden geschrieben hat – ohne es zu merken. „Na, du hast dir aber fleißig Notizen gemacht", sagt die Sitznachbarin. „Ja", sagt Tanja nur. Mehr fällt ihr in dieser Situation nicht ein...

Tanjas kleines Ein-Personen-Zimmer befindet sich in einem chaotischen Zustand, wobei es zweifelsfrei nicht derart chaotisch ist, dass die alten Griechen es als Chaos hätten durchgehen lassen, es ist eben nur ziemlich unaufgeräumt und zeugt von einer Bewohnerin, deren Prioritäten andere sind, als die Ordnung in ihrer Wohnung. Tanja ist ziemlich beschäftigt mit Studieren, mit Nachdenken, mit Schreiben. Vor allem aber mit Nachdenken und mit der Pflege ihres Vaters, die Tanja mittlerweile mehr oder weniger übernommen hat. Susanne geht es nicht gut, sie nimmt ihre Tabletten, die sie zwar die Sorgen und Ängste des Alltags vergessen lassen, aber auch ansonsten relativ viel in Vergessenheit geraten lassen. Die Tabletten hemmen das geistige Aufnahmevermögen, sie verlangsamen die Reaktionszeit, sie machen es schwieriger, sich für Dinge aufzuraffen und diese auszuführen. Alles Punkte die in der Situation, in der sich die Familie befindet, eher kontraproduktiv sind und die dazu führen, dass eine Menge Belastung an Tanja hängen bleibt. Sie tut es gerne für ihren Vater, aber es fällt ihr nicht nur zeitlich sehr schwer...

Bei den Eltern kocht sie erst, dann kümmert sie sich um die Wäsche, dann um den Papierkram. Wolfgang ist noch nie derjenige gewesen, der sich mit Papierkram auseinandergesetzt hat. Rechnungen, Abrechnungen, Briefe, all dies ist nie seine Welt gewesen. Vater Wolfgang ist ein Macher gewesen, einer, der Menschen in die Augen gesehen, mit ihnen geredet, sie überzeugt hat. Warum sollte man dann unnötige Briefe lesen und beantworten, die eine Maschine, programmiert von einem dürftig bezahlten Informatikstudenten, ausgeworfen hat? Ganz individuelle Angebote von Versicherungen oder Ähnlichem, Sparcoupons von einem Markt, den man noch nie besucht hat – all das war überflüssig in Wolfgangs Augen. Doch wo er an dieser Stelle noch Recht behält, so sieht es doch bei den Rechnungen für Telefon, Strom, Wasser, Versicherungen ein wenig anders aus. Daher hatte Susanne sich dieser Sachen stets angenommen, doch in ihrem medikamentös gehemmten Zustand ist sie nicht wirklich in der Lage, diese Aufgabe auszufüllen. Bleibt Tanja, die nun zusätzlich zu dem eigenen Papierkram, den ihr in einem Einzelhaushalt niemand anderes hätte abnehmen können, auch den beider Eltern bearbeiten muss. Ein Brief von den vielen, die sich dort im

Briefkasten der Eltern befinden, ist einer von der Deutschen Rentenversicherung...

5

TANJA öffnet diesen Brief, als sie nach Hause kommt. Es kann sich hierbei nur um die Entscheidung zum Antrag auf Rehabilitation handeln, den Tanja für ihren Vater eingereicht hatte. Ein ehemaliger Klassenkamerad Tanjas, mit dem sie nur über soziale Netzwerke hin und wieder einen Anflug von Kontakt gepflegt hatte, war ihr dabei behilflich, da er eine Zeit lang bei der Rentenversicherung gearbeitet hatte. Ausgerechnet dieser eine Klassenkamerad, der in den Augen Tanjas auf dem Gymnasium eigentlich nichts zu suchen hatte, hatte es anscheinend geschafft verbeamtet zu werden – wenn auch nur für einen recht kurzen Zeitraum. Doch offenbar macht es keinen großen Unterschied, ob man sich in der Schule angestrengt hat, ob man fleißig ist, ob man intelligent ist. Das alles sind keine Faktoren für ein glückliches Leben. Ohne über die Maße arrogant wirken zu wollen, würde Tanja sich diese oben genannten Eigenschaften in einem gewissen Maße zuschreiben, doch ein unglücklicheres Leben als sie im Moment führt, kann man wohl kaum führen, abgesehen vielleicht von dem relativen materiellen Wohlstand, den sie genießen darf. Würde sie alle ihre Errungenschaften tauschen? Würde sie ihr Abitur, ihren Führerschein, ihren Studienplatz für Psychologie aufgeben und abgeben, wenn doch nur die familiäre Situation wieder so wäre wie früher? Es ist eine rein hypothetische Frage, da es niemanden gibt, mit dem man ein solches Tauschgeschäft machen könnte. Gott würfelt nicht. Wahrscheinlich würde sie es dennoch tun, da Glück ein höheres

Gut ist, als materielle und formelle Errungenschaften. Tanja öffnet den Brief der Deutschen Rentenversicherung, in dem ein Bescheid in einer hässlichen Schreibmaschinenschrift enthalten ist. Wolfgangs Antrag auf Rehabilitation wird abgelehnt…

Als hätte Tanja momentan nicht genug Ärger, steht ihr nun auch noch ein Widerspruchsverfahren vor der Tür, in welchem sie versuchen wird, das Beste für ihren Vater herauszuholen. Der Grund der Ablehnung ist ihr zu makaber, zu inakzeptabel, um diesen hässlichen Zettel zu zerreißen, ihn in den Mülleimer zu werfen und ihn Geschichte werden zu lassen. Eine Rehabilitation sei „nicht erfolgsversprechend" steht da in dieser merkwürdigen Schreibmaschinenschrift, die genauso kalt, technisch und bürokratisch aussieht, wie es in einer solchen Behörde zugehen muss, in der derartige Bescheide angefertigt werden. Ein kleines Würstchen, ein Niemand, der im echten Leben wahrscheinlich auf sehr wenige eigene Errungenschaften zurückblicken kann, sitzt da mit einer Tasse Kaffee in der Hand an seinem Schreibtisch; auf der Kaffeetasse ist ein unlustiger, kesser Spruch zu lesen, den nun realitätsferne Beamte witzig finden können. Er sitzt dort selbstgefällig, von Vater Staat mit ein wenig formaler Macht, mit hoheitlichen Aufgaben ausgestattet in seinem Bürostuhl und freut sich, wenn er eine Akte vorgelegt bekommt, in der es um Rehabilitation geht. „Ja" oder „Nein" – es liegt einzig und alleine in seinen, noch von der morgendlichen Frühstückspause fettigen, Händen, die er nach dem letzten Gang zur Toilette nicht einmal gewaschen hat, ob ein kranker Mensch die verdiente Unterstützung erfährt oder nicht.

Wieviel mehr Macht hätte man einem solchen Individuum geben können, als die Macht der Entscheidung? Er fühlt sich wie Gott, er fühlt sich, als gehöre er zu etwas Großem, dabei ist er nur eingestellt worden aus Personalnot, weil kein anderer, normal denkender Mensch, sein Leben lang in einer staubigen Behörde zubringen will und lieber einer anständigen Arbeit nachgeht. Und er ist nur eingestellt worden, weil sein Onkel, ein älterer, knorriger Bursche mit fettigen Haaren, der seiner Frau zu wenig Haushaltsgeld gibt, schon ewig in dieser Behörde arbeitet. Und solche Menschen sind es, die über Wohl und Wehe einer ganzen Familie entscheiden können, die dazu befugt sind, den roten Knopf zu drücken, der das Leben mehrerer Menschen zerstören kann? Tanja ist sich als Psychologin in spe sehr wohl darüber im Klaren, dass sie sich ein nicht wirklich den Tatsachen entsprechendes Feindbild aufgebaut hat, um ihre Wut zu kanalisieren. Doch wie egal ihr das in diesem Moment ist, kann sie selbst kaum beschreiben...

Stephanie indes macht sich eine Liste, eine Liste mit Dingen, die notwendig sein werden, um sich für einen gewissen Zeitraum in Australien durchzuschlagen. Noch immer hofft sie insgeheim darauf, dass sie dieses Abenteuer gemeinsam mit ihrer Freundin Tanja durchziehen kann. Sie kennen sich lange, sie kennen sich gut, sie vertrauen einander und erzählen einander sehr viel – auch Gefühle, die in den Bereich des Privaten gehen und diesen nicht nur oberflächlich ankratzen, sondern tatsächlich in dessen Innerstes vordringen. Stephanie macht sich Sorgen um ihre Freundin; sie hat diese noch nie derart traurig gesehen, abwesend, mit tiefen Augenringen und im Grunde immer hängenden

Mundwinkeln, obwohl diese von Natur aus eigentlich eine leichte Tendenz nach oben haben, weshalb es eigentlich immer so aussieht, als würde Tanja ein wenig lächeln; doch auch dieses kleine, leichte Lächeln scheint aus ihrem Gesicht verschwunden zu sein. Es ist schockierend zu sehen, wie sich das Leben eines Menschen durch ein einzelnes Ereignis verändern kann. Wenn ein solcher Vorfall sich ereignet, dann verliert nicht nur ein Mädchen den Vater, den sie gekannt hat, sie verliert auch die Mutter die sie gekannt hat und die Freundinnen, Freunde und Bekannten dieses Mädchens verlieren das Mädchen, das sie gekannt hatten. Die Summe des Gesamtleids bei einer individuellen Tragödie ist wesentlich höher bei Menschen, die ein großes Umfeld haben. Doch ist das überhaupt ausschlaggebend? Kann man Leid summieren? Nicht objektiv, da man Leid nicht nach Maßstäben bemessen kann und jeder sein individuelles Leid anders empfindet. Es ist also im Grunde für das Gesamtleid nicht ausschlaggebend, wie viele Personen davon betroffen sind, sondern lediglich, wie sie das Leid empfinden. Ein Massenelend muss also nicht zwangsläufig mehr Leid hervorrufen, als ein individuelles Schicksal. Somit ist es für einen Außenstehenden auch nicht möglich, Leid zu beurteilen...

Tanja steht am Bankautomaten mit der Karte ihres Vaters in der Hand und hebt ihm, wie jede Woche einhundert Euro ab. Wolfgang hatte die letzten Tage versucht, selbst die wenigen Meter von seinem Sessel zur Haustür und von dort über die Straße zur Sparkasse zu laufen, um sich selbstbestimmt und autonom sein Geld mit seiner Karte von seinem Konto holen zu können. Doch es hatte nicht geklappt und er musste diesen Versuch, wackelig und unsicher auf den Beinen, abbrechen, um dann traurig, verbittert und wütend in seinen Sessel zurückzufallen. Man kann nicht behaupten, dass Wolfgang nicht versuchen würde, seine durch den Schlaganfall eingeschränkten körperlichen Fähigkeiten voll wiederzuerlangen, aber Tanja hätte gedacht, dass er es noch konsequenter probieren würde, dass er mehr anpackt und keine Phasen wie in diesem Moment durchläuft, in denen er sich ein wenig hängen lässt und sich gerne selbst bemitleidet. Doch wer will es ihm eigentlich verübeln? Seine Frau ist ihm dabei auch keine große Hilfe. Susanne ist krankgeschrieben, sie liegt auf der Couch und schaut Nachrichten im Fernsehen. Ein halbfertiges Puzzle liegt vor ihr, es ist schon seit geraumer Zeit halbfertig…

Heute will Wolfgang nicht reden, er ist deprimiert, dass sein Versuch nicht geklappt hat, zu laufen. Zum Kühlschrank hatte er gehen können, aber er hatte dafür einen Rollator benutzen müssen. Ein junger Mann – früher hatte Tanja ihren Vater nie als einen jungen Mann gesehen, doch wenn man bedenkt, dass er einen Rollator zum Gehen braucht, scheint er doch viel zu jung zu sein – der sich in seiner eigenen Wohnung mit einem Rollator bewegen muss, das ist wahrlich ein trauriger Anblick, erst recht für eine enge Verwandte. Immerhin hatte Wolfgang sich seine Tageszeitung aus dem Briefkasten geholt, er hatte sie greifen können, doch als Wolfgang sich, mit Rollator, auf die Gästetoilette gequält hatte, sagte Susanne zu ihrer Tochter, die Zeitung sei ihm auf dem kurzen Weg ins Wohnzimmer zweimal heruntergefallen, sie habe sie aufheben und ihm geben müssen; er habe versucht, sich selbst nach ihr zu

bücken, was jedoch rein motorisch absolut unmöglich gewesen zu sein scheint. Er versucht es ganz offenbar, sich
einigermaßen an seinen alten Alltag heran zu kämpfen,
wieder fit und gesund zu werden, doch mehr als ein Versuch ist und bleibt es trotz aller Anstrengung nicht…

Tanja will gar nicht genau wissen, wie der Alltag der beiden Eltern aussieht. Schließlich scheint es Wolfgang absolut unmöglich zu sein, eine Treppe zu besteigen; wie will er
so ins Bad im ersten Stock gelangen? Duschen und baden
scheint somit ebenfalls unmöglich zu sein. Vermutlich wird
Susanne das übernehmen, sie wird Waschzeug nach unten
in die Gästetoilette holen und entweder selbst Hand anle-
gen, um ihren immer noch geliebten Mann zu waschen,
oder Wolfgang übernimmt dies selbst, was für ihn motorisch und koordinativ allerdings ebenfalls eine komplexe
Aufgabe darstellen dürfte. Tanja hat schon längst angeregt,
einen mobilen Pflegedienst für die beiden Eltern einzurich-
ten, sodass zumindest einmal am Tag eine ausgebildete,
professionelle, nicht überforderte Pflegeperson zu den beiden stößt und sich um das Nötigste kümmern kann. Doch
Wolfgang hatte diesen Vorschlag abgeblockt, er ist nach
wie vor zu stolz, um sich auf diese Weise helfen zu lassen.
Seine Kämpfernatur hat auch etwas Nachteiliges, eben
diesen Stolz nämlich, der die Situation für Tanja nur noch
schwieriger werden lässt. Susanne hatte sich noch nicht
dazu geäußert, obwohl Tanja sich sicher ist, dass ein solcher
Pflegedienst auch für ihre Mutter eine Entlastung darstellen würde. Ihre Therapiesitzung beginnt heute, ihr Haus-
arzt hatte ihr nicht nur die Pillen in dem unheilvollen,
traumabehafteten Döschen verschrieben, sondern auch

eine Psychotherapie angeordnet. So etwas ist also ohne Probleme möglich, wohingegen es anscheinend unmöglich ist, einem schwer kranken Mann mit einem Schlaganfall eine Rehabilitation zu bewilligen. Tanja ist nach wie vor wütend auf das deutsche Sozialsystem und – auch wenn sie selbst ein wenig schockiert ist von diesen Gefühlsregungen – sie ist auch ein wenig sauer auf ihre Eltern. Sie fährt zu ihnen, kümmert sich um alles und bekommt so gut wie keine offensichtliche Dankbarkeit geschenkt. Sie hat extra die Sportmeldungen von *kicker.de* auf ihrem Handy gelesen, um sich mit ihrem Vater ein wenig über Fußball austauschen zu können, sie will ja mit ihm reden, aber er starrt bloß stumm auf seinen Fernseher oder ins Nichts und lässt sich nicht ansprechen. Dann will sie mit ihrer Mutter reden, doch sie ist durch die Medikation dermaßen gelähmt, dass eine Konversation mit ihr faktisch unmöglich ist. Statt Dankbarkeit Schweigen, das trägt nicht gerade zur Motivation Tanjas bei. Obwohl sie weiß, dass die Eltern es nicht mit Absicht machen und sie ihr mit Sicherheit auch dankbar sind, hilft dies Tanja im Moment nicht weiter. Ihre Wut bleibt vorerst bestehen…

6

DIE beste, weil in den letzten Tagen überaus bewährte Methode, sich diesen Frust von der Seele zu schütteln ist das Schreiben und daher versucht Tanja am selben Abend ein wenig Struktur in ihre Gedanken zu bringen und diese in das Notizbuch zu schreiben, das vor ihr auf dem Schreibtisch liegt und bereits mit einigen Notizen gefüllt ist. „Ist es normal, sauer auf jemanden zu sein, der krank ist?" „Niemand macht sowas doch absichtlich...", „kann man nicht trotzdem ein wenig Rücksicht erwarten?"; derartige Passagen sind schließlich auf den nächsten vormals freien Seiten zu lesen. Rein psychologisch handelt es sich bei diesem Wutgefühl wahrscheinlich um einen Verdrängungsmechanismus, beziehungsweise allgemeiner gesprochen, um einen Schutzmechanismus. Es gibt gegensätzliche Gefühle in Tanja und sie weiß nicht so recht, wie sie diese Gefühle einordnen soll. Da ist einerseits die Liebe und das Mitleid für die leidenden Eltern, andererseits ein Gefühl, dass sie sich mehr Mühe geben könnten oder zumindest dankbarer ihr gegenüber sein könnten. Um das Gefühl des Mitleids und der Trauer nicht noch näher an sich heran zu lassen und die eigene Psyche noch mehr zu belasten, schützt sich die Psyche selbst, indem sie die Wut vorerst in den Vordergrund stellt. Nach Sigmund Freud – und seiner Tochter Anna Freud – stellen diese Abwehrmechanismen unbewusste Vorgänge im Gehirn dar, auf die der Mensch nur sehr bedingt Einfluss nehmen kann. Wenn man sich an dessen Modellierung orientiert, so trifft für

Tanja wahrscheinlich am ehesten der Begriff der Reaktionsbildung zu; Gefühle werden hierbei durch entgegengesetzte Gefühle niedergehalten, also zum Beispiel ein Gefühl der Wut oder des Hasses, wenn Gefühle der Liebe oder der Empathie von der Psyche als gefährlich empfunden werden...

Dennoch empfindet Tanja ein schlechtes Gewissen gegenüber ihren Eltern, da sie eigentlich weiß, ihnen beiden Unrecht zu tun und als Anwärterin auf ein abgeschlossenes Psychologie-Studium sollte sie doch gegen die Taschenspielertricks der eigenen Psyche ankommen können. Nachdem die Gedanken eine Weile hin und her gewälzt worden sind, dabei moralische, persönliche und psychoanalytische Perspektiven in einer tabellarischen Form aufgezeichnet worden sind, schließt Tanja ihr Notizbuch und beschließt, langsam ins Bett zu gehen, um am nächsten Tag wenigstens einigermaßen fit zu sein – schließlich wird dieser Tag Universität und Arbeit zugleich bedeuten, es wird somit ein langer, arbeitsreicher und hoffentlich auch ertragreicher Tag. Als Tanja das Buch zur Seite räumt, bemerkt sie, was noch alles auf ihrem Schreibtisch liegt. Es ist eine Leistungsabrechnung der Krankenkasse, zu der Tanja noch ein paar Nachfragen hat, sie hatte jedoch niemanden erreichen können und das Papier daher vorerst auf den Schreibtisch zurückgelegt. Außerdem liegt auf der Holzplatte der Bescheid der Deutschen Rentenversicherung, dieses ärgerliche „Pamphlet der Dreistigkeit". Wenn Tanjas Bachelor-Arbeit „*Das Manifest des Unglücks*" heißen sollte, dann müsste dieser Bescheid „*Das Pamphlet der Dreistigkeit*" heißen. Sie liest sich den Bescheid noch einmal durch und stößt auf den letzten Abschnitt. Man kann gegen einen solchen Bescheid Widerspruch einlegen. Tanja überlegt kurz, ob sie sich noch mehr Arbeit aufhalsen soll, doch sie verwirft diesen Gedanken als egoistisch und setzt einen Brief auf, mit dem sie gegen diese Fehlentscheidung vorgeht...

Die Arbeit ist am heutigen Tag eine willkommene Abwechslung, um andere Menschen zu sehen, andere Gespräche zu führen und so auf andere Gedanken zu kommen. Tanja arbeitet hin und wieder in einer Werbeagentur, die nicht weit von der Universität gelegen ist und daher eine gute Möglichkeit für einen Nebenverdienst während des Studiums bietet. Früher, während der ersten Semester, hatte Vater Wolfgang noch einiges Geld in das Studium seiner Tochter investiert, doch logischerweise ist dieser Betrag mittlerweile entfallen. Tanja ist über eine Freundin auf diesen Job gekommen, die wiederum weiß um dessen Existenz aufgrund einer relativ flüchtigen Bekanntschaft, einem etwas merkwürdigen Zeitgenossen, der einmal in derselben Agentur gearbeitet hat, nun aber nicht mehr dort anzutreffen ist. Tanjas Freundin ist eine Zeit lang mit diesem Typen ausgegangen, man würde es in poetischem, frankophilem Deutsch wohl als „Liaison" bezeichnen. Nach getaner Arbeit fährt Tanja mit der Straßenbahn zum Universitätscampus und setzt sich dort in eine Vorlesung, der sie überraschend gut folgen kann, zumindest verglichen mit den Vorlesungen davor, von denen in Tanjas Gedächtnis absolut nichts hängen geblieben ist...

Tanja hat sich lediglich ein wenig Hilfe dafür geholt, Hilfe in Form von Substanzen, jedoch nicht von verbotenen, gefährlichen, zerstörerischen Substanzen, sondern von legalen Mitteln. Zum Einschlafen nimmt Tanja in letzter Zeit leichte Schlafmittel; nicht zu heftige, da diese unschöne Nebenwirkungen haben und dafür sorgen, dass man auch tagsüber in einem dämmrigen Zustand durch die Gegend wandelt. Um wach zu werden bedarf es für Tanja eines Energy-Drinks, da Kaffee für sie nicht infrage kommt – diese Haltung gegenüber dem Kaffee hat sie von ihrem Vater übernommen, der nie Kaffee getrunken hat; schon der Geruch hatte ihn immer abgestoßen. Natürlich muss Tanja in diesem Kontext unweigerlich auch an ihren Vater denken. Wie er beim Kaffee und Kuchen mit der Familie am Tisch gesessen hat, wie er ein Glas Milch zum Kuchen getrunken hat und sich immer gerne noch ein Stück mehr genommen hat, als er gebraucht hätte, um satt und zufrieden zu sein. Er hatte das Essen geliebt und auch wenn Susanne nicht bloß einmal die Augen gerollt hatte, wenn Wolfgang zu viel oder zu schnell gegessen hatte, so war dieser doch immer diszipliniert genug, die zu viel genommenen Kalorien durch Sport wieder abzutrainieren. Jetzt isst Wolfgang kaum noch, er hat wenig Appetit, er kann Messer, Gabel und Löffel kaum halten und aufrecht sitzt er schon lange nicht mehr, eher gebückt und ein wenig verloren am großen, langen Tisch im Wohn-und Esszimmer der Eltern...

Nun ist es mit Sicherheit auch nicht die beste Lösung von Tanja, sich mit Medikamenten und Energy-Drinks über dem alltäglichen Wasser zu halten, doch es scheint immer noch verlockender zu sein, durch nicht völlig gesunde aber auch nicht wirklich schädliche Hilfsmittel zumindest halbwegs gut durch den Alltag zu kommen. Nach der Vorlesung tauscht sich Tanja ein wenig mit Kommilitoninnen aus, sie sitzen gemeinsam in einem unieigenen Café und reden; über den Stoff der Vorlesung, aber auch über andere Themen, die die Öffentlichkeit gerade beschäftigen. Es ist Ablenkung, es tut ihr sehr gut, sie ist mitten unter Leuten, die sie zwar nicht in-und auswendig kennt, mit denen sie aber dennoch regelmäßig guten Kontakt pflegt und sich gut und unbeschwert unterhalten kann. Es ist ein guter Tag heute, diesmal wird – seit langer Zeit einmal wieder – etwas Positives, Aufmunterndes in ihrem Notizbuch notiert werden. Tanja trinkt ihren Kakao und isst ihr belegtes Brötchen. Auf ihr Handy hat sie in dieser Zeit kein einziges Mal geschaut. Früher hat sie des Öfteren einmal kurz den Faden des Gespräches verloren und sich stattdessen für einen winzigen Moment in der Welt der digitalen Daten verloren, doch heute genießt sie die Anwesenheit von und die Ablenkung durch Menschen. Vielleicht ist sie durch ihre Situation sogar ein Stück weit zur Philanthropin geworden...

Es gehört zur traurigen Realität eines von einer unschönen Situation überschatteten Alltags, dass auf einen Hochpunkt, wie der eben beschriebene, oft ein unschöner Tiefpunkt folgt. Am späten Abend, als Tanja letzten Endes auf ihrem Bett sitzt, eine Trainingshose und einen pinkfarbenen Pullover tragend, schaut sie auf ihr Smartphone, um die Nachrichten zu checken. Es ist über die gesamte Zeit hin auf lautlos geschaltet gewesen. Tanja sieht, dass drei verpasste Anrufe von einer Nummer, die ihr auf Anhieb nichts sagt, auf ihrem Display leuchten. Sie beschließt dennoch, diese Nummer zurückzurufen, da sie in einer gewissen Kontinuität alle vierzig Minuten angerufen hat und Tanjas Gefühl ihr sagt, dass es sich nicht um eine Werbehotline oder einen Scherzanruf handelt. Tanja ruft zurück und muss erfahren, dass es sich um die Nummer des Krankenhauses handelt. Das Krankenhaus hatte versucht Tanja zu erreichen, um ihr mitzuteilen, dass ihre Mutter Susanne heute dorthin eingeliefert worden ist. Sie hatte offensichtlich zu viele von ihren Medikamenten genommen, diesen verfluchten Pillen, die von der Pharmaindustrie entwickelt worden sind, um Profit zu machen und dabei Existenzen zerstören. Tanja ist am Boden zerstört, sie weiß nicht, was sie zu dieser Situation noch sagen, geschweige denn denken soll...

Es ist abends, es ist dunkel und nieselt leicht, was die Kälte gefühlt noch kälter macht, als sie wirklich ist, als Tanja sich in ihr Auto setzt und ins Krankenhaus fährt, in der Hoffnung, ihre Mutter würde vielleicht etwas von dem Besuch mitbekommen. Es ist wie immer im Krankenhaus und es ist der Grund, warum Tanja Krankenhäuser verabscheut: es riecht muffig, nach Tod, übertüncht durch billiges Desinfektionsmittel und die künstliche Luft einer Klimaanlage; es dauert eine gefühlte Ewigkeit, bis man erfährt, auf welchem Zimmer denn die eigene Mutter liegt und ob man sie sehen könne. Tanja geht nach oben in den zweiten Stock. Wenn eines noch schlimmer ist, als ein Krankenhaus, dann ist es der Aufzug in einem Krankenhaus: klein, eng, flackriges, nicht wirklich erhellendes Licht in dieser drei Quadratmeter großen Todeszelle, der Geruch nach Verwesung ist in diesem Teil des Krankenhauses noch stärker als auf den Fluren. Tanja läuft lieber, lieber etwas Sport, als sich freiwillig in eine Folterkammer sperren zu lassen...

Tanja wird nicht wirklich schlau aus den wenigen, gequetscht und gequält wirkenden Wortfetzen, die ihre Mutter – an verschiedene Kanülen und Geräte angeschlossen – mit einer furchtbar leisen Stimme herausbringt. Aber zumindest hat ihre Mutter realisiert, dass ihre Tochter da ist und nach ihr schauen will, dass es sie interessiert, was mit der Mutter passiert. Vielleicht ist Tanja nicht ganz gerecht gewesen, vielleicht hat sie über all die Trauer, Sorge und Fürsorge für Wolfgang ganz vergessen, dass Susanne auch krank ist, dass sie ebenfalls ihrer Hilfe bedurft hätte. Tanja hatte die Pillen immerhin gesehen, sie hatte ihre Mutter nicht darauf angesprochen, was sich im Nachhinein wohl als Fehler herausstellt, aber ist man im Nachhinein nicht immer schlauer? Eine ziemlich dürftige Ausrede, die Tanja sich da zurechtschustert, um ihr ohnehin zermartertes Hirn ein wenig vor noch mehr Marter zu schützen. Hätte sie auch früher an ihr Handy gehen sollen oder zumindest früher darauf sehen, es nicht auf lautlos stellen dürfen? Schließlich ist zu erwarten gewesen, dass jederzeit etwas im familiären Kreis passieren kann. Doch darf man sich keine Auszeit gönnen, darf man nicht einmal kurz abschalten, um sich selbst zu schützen, um ein halbwegs normales Leben führen zu können? Eigentlich darf man das und es war immerhin ein verdammt unglückliches Timing, dass ausgerechnet während so eines Ereignisses Tanjas Seelenpflege stattfinden musste, doch sie beschließt, sich keine allzu großen Vorwürfe zu machen. Tanja fragt, wie die Sanitäter überhaupt auf die Überdosis Susannes aufmerksam geworden wären und erfährt durch die Antwort, dass es Wolfgang gewesen ist, der seine Frau wie leblos auf der Couch gesehen hätte und der zum Hörer gegriffen hat, um die Rettungskräfte zu verständigen. Ob man Wolfgang habe verstehen können, fragt Tanja; ja, auch wenn es schwer gewesen sei, lautet die Antwort. Tanja ist beeindruckt von ihrem Vater, der offensichtlich seine letzten Ressourcen gebündelt hatte, um seine Frau zu retten. Faszinierend, wozu der menschliche Körper – oder vielmehr die menschliche Psyche – in so einer Lage doch fähig ist...

Tanja fährt, rückwärts in drei Zügen einparkend – da die Konzentration aufs Autofahren doch ein wenig unter der Gesamtsituation leidet – vor die Tür des Elternhauses. Sie schließt mit ihrem Schlüssel auf, natürlich hat sie ihren eigenen Schlüssel, schließlich ist sie oft bei ihren Eltern, eigentlich jeden Tag; Stand jetzt ist „bei ihren Eltern" nur noch bei ihrem Vater. Tanja fühlt sich platt und ausgelaugt, die letzten Wochen haben an ihr gezehrt, ihr ohnehin eher kleiner, schmaler Körper ist noch ein wenig schmaler und zierlicher geworden – hätte sie noch ein paar wenige Kilogramm weniger, sie wäre in einem grenzwertigen Bereich. Sie hat Augenringe, tiefe Augenringe, Augenringe, die zu tief sind für eine junge Frau in ihrem Alter und sie sieht schlaffer aus, als sie es vorher getan hat. Tanja ist immer ein hübsches Mädchen und eine hübsche junge Frau gewesen. Hübsch ist sie immer noch, ihr Lächeln, ihre Haare, ihre leicht leuchtenden Augen, das Leuchten ist trotz allem nicht erloschen. Doch sie sieh gezeichnet aus, man könnte einen deutlichen Unterschied erkennen, wenn man in der Manier einer Fernsehshow ein Vorher-Nachher-Bild einblenden und Tanja vor Wolfgangs Schlaganfall und Tanja danach gegenüberstellen würde. Wenn man den Flur des Elternhauses betritt, schaut man direkt in einen alten, goldenen Spiegel, wobei sich golden lediglich auf die Farbe, nicht etwa auf die Echtheit des Materials bezieht. Tanja betrachtet sich im Spiegel; sie fragt sich, ob sie später mehr Falten haben wird, als es für ihr Alter üblich ist...

Wolfgang sitzt in seinem Sessel und liest Zeitung. Es fällt ihm schwer, die Zeitung zu halten, seine Finger zittern, ohne dass sein gesamter Arm zittert, es ist keine spezifische Krankheit, es ist Schwäche, Unsicherheit, Leid. Tanja schaut mit einem bewunderungsvollen Blick auf ihren Vater, der es geschafft hat, alles zusammenzunehmen und einen Notarzt zu verständigen, um seine geliebte Frau, Tanjas Mutter, zu retten. Irgendwie ist es doch eine besondere Leistung, die der Mensch abruft, wenn es um geliebte Menschen geht. Seit achtundzwanzig Jahren sind Wolfgang und Susanne verheiratet, sie haben gestritten, sie haben gezankt, sie haben sich wieder versöhnt, sie haben viel zusammen erlebt. Wäre es nicht Tanjas Vater, der hier vor ihr sitzt, sondern ein fremder Mann, einer, der vielleicht ein ebenso guter Mensch gewesen ist, wie Wolfgang es immer war, ein netter, großzügiger Mann mit viel Humor und einem großen Ansehen, Tanja wäre nicht in der Lage so viel Aufwand für diesen Mann zu betreiben. Es ist das Band der Familie, das die Kraft in einen Körper und in den Geist bringt, um einen Menschen über einen längeren Zeitraum zu pflegen; es ist etwas psychologisch kaum einwandfrei erklärbares, eine Art Urbindung, der es gelingt, die egoistischen, niederen Instinkte zu bekämpfen. Tanja hat großen Respekt vor Personen, die diese Arbeit beruflich ausüben, deren täglich Brot es ist, mehrere Menschen an verschiedenen Orten jeden Tag zu pflegen und ihnen ihren trostlosen Alltag ein bisschen leichter zu machen. Es ist eine Schande, dass diese Personen so wenig Geld verdienen, denkt sich Tanja, während in anderen Berufsgruppen wesentlich mehr Geld für wesentlich komfortablere Arbeit bezahlt wird. Sie nimmt ihren späteren Beruf in ihren Überlegungen keineswegs aus, sie weiß, dass ein Psychotherapeut das Vielfache eines Krankenpflegers verdient; doch wer ist es, der die Menschen wäscht, ihnen die Haare und die Nägel schneidet, ihnen zu essen gibt und sich einfach nur zu ihnen setzt und ihre Geschichten hört, die ansonsten nie erzähl werden würden oder in der traurigen Unendlichkeit des Schalls verschwinden würden? Tanja findet, dass es Zeit ist, einen Teil der enormen Verantwortung an solchen Menschen abzugeben. An Menschen, die im Gegensatz zu Tanja zwar nicht die familiäre Bindung als Antriebsmotor haben, die aber mit einer solchen Situation besser umgehen können. Doch wie mit Wolfgang reden? Es wird sich gleich zeigen, in welcher Verfassung er heute ist…

Erstaunlicherweise ist dieser Tag zu jenen Tagen zu zählen, an denen man sich den Umständen entsprechend gut mit Wolfgang unterhalten kann. Er wirkt relativ klar im Kopf und im Vergleich zu anderen Tagen scheint er auch einer Konversation nicht grundsätzlich abgeneigt zu sein. Sie reden über verschiedene Dinge, Alltägliches, Banales, doch es ist gut und wichtig, auch über Alltägliches zu reden, da es ein Stück des Alltags wiederbringt, der verständlicherweise in letzter Zeit verloren gegangen war. Und schließlich beschließt Tanja das zu tun, was sie so lange vermeiden wollte, was sie sich vor zwei Monaten nie hätte träumen lassen, dass sie es ihre Vater jemals fragen werde: sie beschließt, ihn zu fragen, ob er nicht lieber in eine Pflegeeinrichtung gehen wolle. Wolfgang ist zunächst stumm, es ist, als habe man ihn etwas gefragt, was er sich im tiefsten Innersten ebenso fragt, aber immer froh gewesen ist, es nach außen nicht ansprechen zu müssen und es somit weiter vergraben zu können. Doch nun ist es Tanja, die diesen Graben öffnet, die den Erdboden aufreißt, um an seinem Innersten zu kratzen. Es muss furchtbar unangenehm für Wolfgang sein, im Sessel zu sitzen und nicht einmal aufstehen, geschweige denn vor den Gedanken wegrennen zu können. Er sieht in diesem Moment noch ein wenig trauriger und kleiner aus, als er ohnehin aussieht, wenn er beinahe regungslos und dennoch zittrig in seinem Sessel sitzt und Zeitung liest. Tanja tut es leid, doch sie merkt, dass Wolfgang überlegt. Ein klares „Nein, ausgeschlossen!" sieht anders aus – und es fühlt sich anders an…

Dies ändert nichts an der Tatsache, dass die Antwort letzten Endes „Nein" heißt. „Ich will nicht weg, in diesem Haus leben wir seit 26 Jahren", lautet die Begründung. Tanja ist erstaunt, wie wenig rational und wie nostalgisch ihr Vater diese Antwort begründet. Normalerweise ist Wolfgang nie ein nostalgischer Mensch gewesen, er hat mit Dingen abschließen können, sehr schnell sogar, schneller als Susanne oder Tanja es je gekonnt hätten. Wenn Wolfgang bei einem Verein entlassen wurde, was zweimal in seiner bisherigen Laufbahn als Trainer vorgekommen war, dann sind Tanja und vor allem ihre Mutter nachtragend gewesen, sie hatten es geliebt und genossen, diesen Verein danach verlieren zu sehen. Wolfgang ist dies egal gewesen, im Gegenteil: er hatte sogar meist seinen alten Spielern die Daumen gedrückt, die er trainiert hatte und die bei dem Verein geblieben sind. Als Wolfgang nach zehn Jahren den Arbeitgeber gewechselt hatte, da es bei dem neuen Arbeitgeber bessere Arbeitszeiten und mehr Geld zu verdienen gab, hatte er keine Träne zum Abschied aus der alten Firma verdrückt. Und nun diese Begründung, es ist haarsträubend! Tanja redet auf ihren Vater ein: da die Mutter im Krankenhaus sei, könne er sich doch nicht waschen, nicht versorgen, nichts könne er alleine tun und Tanja könne es nicht leisten, sich rund um die Uhr um ihn zu kümmern. Wolfgang versteht das, er ist nicht borniert und nicht empathielos, er hatte sich immer gut in Menschen hineinversetzen können; doch sein Herz und sein Geist widersprechen sich und liefern sich scheinbar ein heftiges Duell, welches seinen Entscheidungsprozess blockiert. Es herrscht für einen Moment Stille in dem für eine einzelne, kleine, zittrige, Person viel zu großen Wohnzimmer. Es ist eine unbehagliche Stille, kein angenehmes, einvernehmliches Schweigen, es ist einfach still – so muss es sein, nachdem eine Bombe über einem Feld abgeworfen wurde. Es ist einfach still; alles, was ein Geräusch hätte machen können, ist gestorben…

Als die Stille gebrochen ist, einigen sich Vater und Tochter auf einen Kompromiss: es wird eine Pflegerin kommen, die täglich nach Wolfgang schaut und das Notwendigste tut, was Tanja nicht jeden Tag dauerhaft tun kann. Es ist eine B-Lösung, nicht das Optimum, da nach wie vor viel an der Tochter hängen bleiben wird und der Vater eine Fremde ins Haus lassen wird, um sich dieser Person in aller Schwäche und Hilflosigkeit zu präsentieren, doch es ist ein Kompromiss, wie er getroffen werden musste. Es ist Zweckrationalismus, was die beiden betreiben, aber es ist zumindest für beide annehmbar. Ein Pflegedienst ist schnell gefunden, es gibt einige, ja viele davon. Und sie alle sind ausgelastet, es gibt eben viele Menschen auf der Welt, die, in welcher Form auch immer, leiden. Und jeder von ihnen ist einer zu viel...

7

TANJA hat einen Termin bei der Auskunfts-und Beratungsstelle der Deutschen Rentenversicherung. Nicht viele
Menschen wissen, dass es diese Institution überhaupt gibt,
dass man als normal sterblicher Bürger an das Beamtentum
und deren Entscheidungen „herankommen" kann, man
kann mit echten Menschen sprechen, obwohl Tanja sich
fragt, ob echte Menschen bei einer Behörde arbeiten, die
einem derart schwer kranken Menschen eine Möglichkeit
zur Besserung verweigern. Doch sie sieht sich selbst gut
damit beraten, nicht zu voreilig Urteile über andere Leute
zu fällen, die sie noch nie zuvor gesehen hat. Bloß keinen
einfachen Denkfehler machen, bloß keinen *Bias*, wie die
Psychologin von morgen sagen würde. Tanja hat eine rote
Bluse angezogen, sie trägt eine schwarze Jeans und Halb-
schuhe, eigentlich sieht sie ein wenig zu schick aus, für
einen solchen Termin, es gibt sicherlich viele Klienten, die
in Trainingsklamotten und Turnschuhen zur Auskunfts-
und Beratungsstelle gehen, doch Tanja fühlt sich angesichts des bedeutungsvollen Anlasses wohler, wenn sie entsprechend gekleidet ist. Ihre Haare sind ordentlich ge-
kämmt, sie hat sich dezent geschminkt, wie immer. Sie
sieht sich im Spiegel in der Sonnenblende ihres Autos an
und überlegt, ob sie noch ein wenig Lippenstift, auf ihre
schmalen, leicht geschwungenen Lippen kleistern soll,
doch sie lässt es bleiben. Tanja ist sich unsicher, warum sie
überhaupt so nervös ist, sie kann es sich nicht erklären...

Tanja lässt sich von einer Frau beraten, die blond und relativ groß ist, sie hat ein rundes, volles Gesicht, die Nase ist groß, die Lippen voll und geschwungen, die Augen sind groß und mandelförmig, sie schauen einen von hohen, hervorstehenden Wangenknochen aus an. So sieht es fast aus, als lächle oder lache diese Frau, obwohl sie lediglich ihren alltäglichen Gesichtsausdruck aufgesetzt hat. Sie scheint auch noch recht jung zu sein, sie ist kaum dreißig, vielleicht nicht einmal drei, vier Jahre älter als Tanja selbst. In so einem jungen Alter schon in einer Behörde, denkt sich Tanja und lässt dabei außen vor, dass ihr Gegenüber einen wesentlich sichereren Arbeitsplatz hat, als Tanja ihn sich aktuell wünschen kann, sie hat ja selbst nicht einmal einen Bachelor in der Hand, auch wenn sich das freilich demnächst ändern soll. Tanja verdrängt diesen Fakt aufgrund ihrer Vorurteile und ihrer Wut gegenüber der Rentenversicherung. Sollen die nicht eh lieber Renten bewilligen, warum mischen die sich überhaupt in Reha-Angelegenheiten ein? ...

Tanja ist freundlich, aber bestimmt, sie lässt sich die gesetzlichen Grundlagen zur Bewilligung einer Rehabilitation – oder wie die Beamtin es nennt: „Leistungen zur Teilhabe" – detailliert erklären, sie fragt nach und am Ende stellt sie die Gretchenfrage: „Warum haben Sie den Antrag für meinen Vater abgelehnt?". Tanja legt der grinsenden Frau, die ihr gegenüber sitzt, den Antrag inklusive der medizinischen Befunde vor und lässt sie diese intensiv prüfen. Tanja ist sich nicht sicher, ob sie überhaupt an der richtigen Stelle ist. Sie hat den Eindruck, als sei diese Dame nicht zuständig, um derartige Fragen zu beantworten. So souverän und routiniert sie das Gesetz erklären konnte, so menschlich und intuitiv wirkt sie beim Studium des Einzelfalls *Wolfgang*. Dennoch scheint sie sich alles anzuschauen und Tanja eine Antwort geben zu wollen. Auf einmal erscheint die Behörde Tanja direkt menschlicher und sie muss ihr eigenes vorschnelles Werturteil revidieren. Und dann kommt es, das was Tanja am wenigsten hören wollte, bevor sie das Gebäude betreten hatte: Die Rehabilitation wurde abgelehnt, da die Rentenversicherung keine Erfolgschancen mehr sieht. Sie glauben nicht daran, dass Wolfgang es noch einmal schaffen wird, auf die Beine zu kommen, sie glauben, er sei es nicht wert, ihm eine Reha zu bezahlen. Tanja will wütend sein, doch sie kann es nicht. Die schreckliche Erkenntnis ergreift sie, dass die schreckliche Behörde nicht Unrecht haben könnte...

Anschließend beschließt Tanja noch ihre Mutter im Krankenhaus zu besuchen, das Krankenhaus ist nicht weit entfernt von der Beratungsstelle, in der Tanja eben gewesen ist und in der sie die Hiobsbotschaft, das Unaussprechliche erfahren hat. Tanja weiß einmal mehr nicht, was sie denken soll; diesen Zustand hatte es früher nicht oft gegeben, mittlerweile gibt es ihn ständig. Es ist kein schlimmer Zustand, sie leidet nicht darunter, es ist nur eben kein gewohnter Zustand, es ist der Zustand geistiger Leere, eines Vakuums, welches im Gehirn herumgeistert und sich gemütlich dort einnistet, wo normalerweise die Gedanken sich breit machen, sich austauschen, sich zu einem Großen und Ganzen entwickeln. Im Auto läuft eine CD, welche Tanja sich selbst gebrannt hat und welche eine traurige Playlist enthält, mit Musik zum Nachdenken, zum Weinen, zum

Traurigsein. Es ist vielleicht nicht optimal, sich mit Trauer zu umgeben, wenn die Situation ohnehin traurig ist, doch auch die gespielte Fröhlichkeit eines gespielt fröhlichen Songs im Radio würde nichts zur Besserung von Tanjas Gemütszustand beitragen. Sie stellt ihr Auto ins Halteverbot, es ist ihr im Moment ziemlich egal, wo man offiziell sein Auto abstellen darf und wo nicht. Dann würde sie dem Staat eben zehn Euro schenken...

Es ist nicht gerade erquickend, die eigene Mutter zu sehen, wie sie betäubt mit Schlaf-, Schmerzmitteln und Antidepressiva in ihrem Krankenhausbett liegt und sich kaum dazu aufraffen kann, der eigenen Tochter einmal „Hallo" zu sagen. Nicht gerade erquickend ist ein glatter Euphemismus, es ist niederschmetternd. Sie könnte doch wahrlich die Unterstützung und Hilfe der Mutter gut brauchen, stattdessen hat Tanja nun zwei Patienten, um die sie sich kümmern muss. Sie will sich auch um beide kümmern, schließlich hat ja keiner der beiden eine schlechtere Behandlung verdient, als der andere, beide haben sich immer um Tanja gekümmert und ihr ein bisher sorgenfreies Leben ermöglicht. Ist es nun also an der Zeit sich zu revanchieren? Hat Gott beschlossen, dass sie etwas zurückgeben soll an ihre Eltern, um ihr Karma-Konto auszugleichen? Gibt es dort oben irgendwo einen Buchhalter, der versucht, seine Schlussbilanz zu ziehen? Müssen deswegen zwei Menschen leiden, die es nicht verdient haben? Nein, Tanja muss einen Schritt weitergehen, es sind drei Menschen, die darunter leiden...

Tanja bleibt nicht lange bei Susanne, die von der Anwesenheit ihrer Tochter nur einen Bruchteil mitbekommen hat. Tanja sieht nicht ein, warum sie länger bleiben soll, wenn es Susanne nichts nützt, schließlich besucht sie niemanden aus Selbstzweck, sondern, um ein wenig Schmerz und Leid von den Angehörigen zu nehmen. Wenn jedoch dies nicht gegeben ist, muss sie auch nicht anwesend sein. Wenn das Leid das Leben bestimmt, dann ist Glück der Moment, in dem das Leben sich kurzzeitig ändert, das Glück ist dann zeitlich gebunden und übertüncht das Leid derartig, dass das Glück die Oberhand gewinnen kann. Das Glück ist jedoch temporär, da es nur für den Zeitpunkt, zum Beispiel des Besuchs der Tochter, vorhält und nach ihrem Verschwinden ebenso wieder verschwindet. Die Aufgabe solcher Besuche ist es also, das Glück für einen kurzen Moment gegenüber dem Leid obsiegen zu lassen. Wenn jedoch der Besuch nicht dazu geneigt ist, das Leid zu verdrängen, da er nicht richtig wahrgenommen werden kann, dann erfüllt er seinen einzigen Zweck nicht, da der Selbstzweck zur Beruhigung des eigenen Gewissens ebenfalls nur dann wirkt, wenn die besuchte Person das Glück erfahren kann. Ist dieser Faktor jedoch gegeben, so ist die Summe des Gesamtglücks gleich doppelt so hoch, da sowohl die besuchte Person glücklich ist (durch die Ablenkung), als auch die besuchende Person, da sie der Besuchten das Glück geben kann, welches diese so dringend braucht. Es kann also entweder nur ein doppeltes Glück geben oder gar kein Glück; ein einfaches Glück wäre, wenn die besuchende Person den Besuch einzig und allein als Selbstzweck ansehen würde, doch das wäre in sehr hohem

Maße egoistisch. Tanja notiert diese Gedanken in ihr Notizbuch...

Dieses Notizbuch ist mittlerweile so gut gefüllt, dass Tanja anfängt, die Punkt zu einem sinnvoll und nachvollziehbar zusammenhängenden Komplex zu formen, den sie – ohne Probleme zu bekommen – als eine Bachelor-Thesis präsentieren kann. Sie ist sich ziemlich sicher, dass sich dieses Themas in dieser Form noch niemand vor ihr angenommen hat und sie findet, dass es eine außergewöhnliche, aber erfolgversprechende Idee ist, die am Ende mit einer guten Note beurteilt werden wird. Tanja befindet sich auf einmal in einem Schreibfluss – die Gedanken fließen von ihrem Kopf direkt in die Finger, von dort aus in die Tastatur und dann auf „Word", von wo aus die Thesis nur noch gedruckt werden muss. Es versteht sich von selbst, dass Tanja nicht nur ihre eigenen Erfahrungen in Form eines Berichts oder Essays niederschreibt, zu ihrer *„Anleitung zur unglücklichen Gestaltung des Lebens"*, zu ihren teils recht spezifischen Thesen also, hat Tanja Beispiele aus der Wissenschaft und Forschung, sie hat Quellen gesucht und sich mit diesen kritisch auseinandergesetzt. Den meisten Quellen wiederspricht Tanja in ihrer Arbeit, sie hatte beim Schreiben das Gefühl gehabt, dass die jeweiligen Autoren selbst relativ wenig Erfahrung mit Tod und Leid gesammelt haben. Zu statisch, zu kühl, wie in einem Elfenbeinturm sitzend, haben diese Autoren die so wichtigen Aspekte des Lebens betrachtet. Kritisch zu sein ist schließlich *das* Qualitätsmerkmal einer guten Thesis...

Tanja ist fertig, sobald das letzte Wort geschrieben ist, setzt der „Flow" aus; es ist ein wenig verwunderlich, wie Menschen auf einmal in eine Hochphase gelangen können und genauso schnell wieder aus ihr herausfallen, als habe ein höchst unsanfter Zeitgenosse ihn aus einem kuschelig-weichen Federbett geschubst. Rein psychologisch betrachtet ist ein solcher Flow „das als beglückend erlebte Gefühl eines mentalen Zustandes völliger Konzentration und restlosen Aufgehens in einer Tätigkeit, die „wie von selbst" vor sich geht". Wichtig für einen solchen Flow ist es, vom Tagesgeschehen entrückt zu sein und voll in seiner Aufgabe aufblühen zu können. Tanja ist wie entrückt gewesen, obwohl sie eigentlich mit dem Alltag auf so grausame Weise konfrontiert worden ist, da sie eigentlich alles, was sie in der vergangenen Zeit erlebt hat, nochmal rekapitulieren, verarbeiten und mit Quellen belegen musste. Aber offenbar hat es ihr gutgetan, dies zu tun, man sagt nicht umsonst, Schreiben könne eine therapeutische Wirkung haben. Wenn Vater Wolfgang mit seinen furchtbar zittrigen Händen doch noch schreiben könnte...

8

TANJA fühlt sich seit längerer Zeit mal wieder in der Verfassung, etwas mit zwei Freundinnen zu unternehmen. Die
drei Frauen haben schon lange Zeit mal wieder etwas unternehmen wollen, doch mal hatte es hier nicht gepasst,
mal dort nicht, mal hatte eine keine Zeit, dann die andere.
In letzter Zeit, soviel muss Tanja zugeben, hatte sie sich
selbst als der größte Bremsklotz erwiesen, doch wer kann
ihr das angesichts ihrer Lage schon ernsthaft verdenken?
Und so gehen die drei zusammen ins Kino, sie suchen sich
einen typischen Mädchenfilm aus, einen albernen, ein wenig kitschigen Film zum blöd kichern und zum anschließend im Auto sitzen und sich noch einmal über die furchtbar flachen Witze kaputt lachen und herumalbern. Es werden Popcorn und Nachos gegessen, es wird Cola und
Mischbier getrunken, das in der Handtasche in den Kinos-
aal geschmuggelt worden ist, wie in besten Zeiten in der
Schule, als man sich cool fühlen durfte, wenn man es geschafft hatte, eine Tüte Gummibärchen oder eine Dose
Sprite einzuschleusen, ohne dass der unmotivierte Karten-
abreißer, der dort den ganzen Tag gestanden hat, einen
dabei erwischt hatte. Niemand hatte, wenn man sich zurückerinnert, jemals die Taschen, Rucksäcke oder Jacken
kontrolliert. Trotzdem ist es reizvoll gewesen, es jedes Mal
aus Neue auszuprobieren, ob es einem gelingen würde. Das
sind selige Zeiten gewesen, ohne große Sorgen. Tanja fühlt
sich an diese Zeiten zurückerinnert und es tut ihr sichtlich
gut. Sie lacht, sie blödelt, sie kichert bei den flachen Wit-

zen. Das Leuchten in ihren Augen ist stärker als sonst, als die drei nach Hause fahren, sind ihre Mundwinkel leicht nach oben gezogen…

Tanja hat ihre Thesis abgegeben und fühlt sich gut damit, das Schreiben hat ihr sichtlich geholfen, ihre teilweise überbordenden, teilweise phlegmatischen Gefühle zu ordnen und ihnen, wenn auch keinen Sinn, dann doch so etwas wie eine Richtung zu geben. Tanja sitzt auf ihrem Bett und schaut ein wenig fern, das Handy neben ihr, ein paar Chats sind den Tag über aktiv, ein wenig aktiver ist Tanja in letzter Zeit wieder geworden in den sozialen Medien, das große Thema *Bachelor-Arbeit* ist ja nun schließlich als ein Belastungspunkt weggefallen. Das Telefon klingelt, eine unbekannte Nummer, doch Tanja beschließt ganz spontan das Telefonat anzunehmen, wahrscheinlich aus dem Grund, dass sie es vermeiden will, sich hinterher wieder Vorwürfe machen zu müssen. Vielleicht kann man es auch als Intuition eines psychologisch geschulten Geistes ansehen, denn – Duplizität der Ereignisse – ist es tatsächlich das Krankenhaus, welches sich am anderen Ende der Leitung befindet. Nachdem Susanne eine ziemlich lange Zeit zur Beobachtung hatte im Krankenhaus bleiben müssen, sind die Ärzte nun offensichtlich der Meinung, man könne sie zurück in die Obhut der liebenden Familie entlassen. Tanja zieht sich zivil an und verlässt die Wohnung mit einen gemischten Gefühl im Bauch…

Susanne geht es den Umständen entsprechend gut, sie ist ziemlich dösig, aber sie gibt sich immerhin Mühe, mit ihrer Tochter ein Gespräch zu führen und sie fragt teils Dinge, die Sinn ergeben, einen Zusammenhang haben, eine relativ klare Denkstruktur erkennbar machen. Davon wiederum ist Tanja erstaunt, denn die Medikamente, die Susanne nun nehmen soll, sind noch etwas stärker, als die vorherigen, was für Tanja wenig Sinn ergibt. Muss man einer Frau, die zu viele Pillen geschluckt hat, härtere Pillen verschreiben, um ihren Zustand zu bessern? Wahrscheinlich nicht, doch es könnte ja zumindest sein, dass sie nun schon mit einer geringen Zahl an Tabletten auskommt und sich mit dieser geringen Anzahl so gut fühlt, dass der Konsum von größeren Mengen sich in ihren Augen erledigt hat. Vielleicht hat ja doch alles einen Sinn...

Tanja arbeitet, sie verdient sich ein wenig Geld dazu, da nach der Beendigung der Thesis ein wenig Luft und Raum zum Atmen bleibt und sie arbeitet, um unter Menschen zu kommen, etwas anderes zu sehen, eine sinnvolle Beschäftigung tagsüber zu haben; es wäre unter Umständen nicht sehr ratsam, mit trüben Gedanken alleine in der Ein-Zimmer-Wohnung zu sitzen, es würde die Traurigkeit befördern, da diese den Raum frei einnehmen könnte und es keine Faktoren von außerhalb gäbe, die sie bekämpfen und bekriegen könnten. Vielleicht hätte Tanja diesen Aspekt in ihrer Arbeit mehr berücksichtigen können, ja vielleicht sogar müssen; doch dafür ist es ohnehin zu spät. Tanja beschleicht ein ungutes Bauchgefühl, sie ist sich auf einmal nicht mehr sicher, das richtige Thema mit den richtigen Schwerpunkten gewählt zu haben. Doch das gute an so einer Thesis ist doch, dass man sie verteidigen muss, nein: in dieser Situation besser „darf". Man kann sich selbst kritisieren und aufzeigen, wo man im Nachhinein die eigenen

Fehler ausgemacht hat, was man bei einem hypothetischen zweiten Versuch besser machen könne. Das kann zwar eine völlig verunglückte Arbeit nicht völlig retten, doch es kann dazu beitragen, dass ein mittelmäßiges Werk doch noch als ein positives Werk beurteilt wird. Und in welchem Studienfach wenn nicht in Psychologie sollte eine gelungene Selbstreflexion dazu beitragen, eine gute Bewertung zu erhalten? Tanja macht sich ans Schreiben, sie überlegt, welche weiteren Aspekte sie hätte bedenken und thematisieren können, sie problematisiert durchaus auch, dass die Thesis eine relativ hohen individuellen Bezug aufweist, doch sie ist sich sicher, dass ihre Begründung der „Selbsttherapie" die Prüfer überzeugen kann – schließlich handelt es sich ja dabei auch um eine Reflexion der eigenen Psyche. Tanja ist glücklich, als sie auch dies fertiggestellt hat. Sie ruft bei ihren Eltern an. Wolfgang, der das Telefon immer neben sich auf dem Sessel liegen hat, nimmt ab und meldet sich mit einer zittrigen Stimme. Ob denn alles gut sei, fragt er seine Tochter; „Ja", antwortet diese, „soweit alles gut"…

Der Tag ist gekommen, an dem Tanja ihre Thesis, ihr Herzensprojekt, verteidigen darf, dieses Dokument, das nicht nur entstanden ist, um eine möglichst gute Note zu erhalten, sondern auch, um den so wichtigen Seelenfrieden zu erlangen. Das macht diese vierzig Seiten so persönlich, dass Tanja nicht einmal aufgeregt ist, diese vor den Prüfern zu erklären und zu begründen, sondern dass sie im Gegenteil viel Vorfreude empfindet. Trotz aller Vorfreude ist Euphorie natürlich ein gefährliches Element und so hat Tanja unlängst beschlossen, sich Notizen zu machen und diese sorgfältig durchzugehen, sie weiß also ganz genau, an welchen Ablaufplan sie sich halten muss, auf welche Nachfrage welche Erwiderung zu folgen hat. Das alles ist für Tanja sicherlich positiv und sie liest den Zettel mit den Notizen immer wieder, während sie in der Bahn sitzt. Heute ist Tanja nicht mit ihrem Auto unterwegs, es werden Winterreifen aufgezogen, in der Werkstatt, die nur drei Straßen weiter von Tanjas Wohnung ist und die Tanja trotzdem sehr selten aufsucht. Schließlich hat Vater Wolfgang immer alles gemacht, was mit dem Auto zu tun gehabt hat. Reifen zu wechseln ist für ihn kein großer Aufwand gewesen, er hat gerne geschraubt und gewerkelt, auch wenn er mit Sicherheit nicht der talentierteste Handwerker gewesen ist: er hat es geliebt, Dinge auszuprobieren und ist immer umso glücklicher gewesen, wenn seine Pläne funktioniert hatten…

Tanja betritt den Raum, es ist eine etwas merkwürdige Situation; es ist ein etwas überholtes Konstrukt, diese Verteidigung der Thesis, bei der man argumentieren muss, als habe man etwas verbrochen und wie vor einem Straftribunal zur Rechtfertigung gezwungen wird. Ganz so extrem ist die Situation natürlich in Wahrheit nicht, aber addiert mit der Anspannung, die in einer solchen Situation zwangsweise aufkommt, kann man sich schon ein wenig wie auf dem Schafott vorkommen. Der große Trick, und da ist die Studentin der Psychologie natürlich gegenüber anderen Studentinnen im Vorteil, ist der Selbstbetrug, das Einreden, dass man überhaupt nicht aufgeregt sei, dass es keinerlei Grund gäbe, sich dem Stress der Prüfungssituation auszusetzen, dass man ja ohnehin schon gewonnen habe und nur noch gut vorberietet seine Rolle werde spielen müssen.

Zumindest bei der theoretischen Konzeption ist Tanja den anderen Studentinnen aus anderen Fachbereichen voraus, in der Praxis klappt dann eben doch nicht immer alles, wie man es sich vorstellt...

Eine Definition des Selbstbetrugs, beziehungsweise wie es, wissenschaftlicher ausgedrückt, oft heißt der „Selbsttäuschung" ist an sich schwer zu finden, obwohl über dieses Phänomen bereits in der Antike philosophiert worden ist. Gibt es auf der einen Seite noch harmlose Varianten der Selbsttäuschung, so kann diese auch durchaus psychologisch bedenklich sein, je nachdem in welchem Maße sie erfolgt. Tanja erachtet ihr Maß an Selbsttäuschung, welches sie gewählt hat noch als erträglich, schließlich ist ja auch ihr Motiv nicht wirklich außergewöhnlich, sich vor einer entscheidenden Prüfung mental abkühlen und beruhigen zu wollen. Tanja bringt ihr gesamtes Wissen in Verbindung miteinander und reflektiert es auf sie selbst. Schließlich ist Selbsttäuschung auf Verdrängung zurückzuführen und dass Tanja in letzter Zeit mehr als genug verdrängt hat, hatte sie selbst leidvoll erfahren müssen. Oft steht das Motiv der Selbsttäuschung auch in Zusammenhang mit unschönen psychischen Krankheitsbildern, wie beispielsweise dem Borderline-Syndrom; manchmal ist es eben gar nicht gut, wenn man Psychologie studiert, man kommt vom *Hundertsten ins Tausendste* wie es gerne heißt und macht sich mehr Gedanken, als man sich machen müsste. Tanja versucht auf den Boden der Tatsachen zurückzukommen, schließlich gilt es nun, sich nicht ablenken zu lassen. Die Verteidigung beginnt: Tanja trägt ihre zuvor sorgfältig vorbereiteten Argumente vor und lässt die kritischen Nachfragen über sich ergehen. Sie findet die Fragen sehr kritisch, teilweise harsch, doch mangels Erfahrung mit einer Thesis-Verteidigung geht sie davon aus, dies sei nun einmal der Stil, in dem so eine Veranstaltung geführt werde. Als sie die tatsächliche Einschätzung der Prüfer hört, bricht für sie eine kleine Welt zusammen…

Es sei „unwissenschaftlich und ohne jeden Gehalt für Forschung", was Tanja dort aufgeschrieben hätte, es sei wie ein „stilistisch unausgereiftes Tagebuch mit losen Skizzen" und „ohne klare Zusammenhänge oder nachvollziehbare Gedankenstränge", es sei „nicht ausreichend mit Nachweisen, Quellen und Zitaten belegt", zudem fehle im Literaturverzeichnis ein Doppelpunkt. Um das vernichtende Urteil zusammenzufassen: Diese Thesis reicht in den Augen der Scharfrichter, die dort hemdsärmelig und gnadenlos an ihrem Tisch sitzen, nicht zum Bestehen. Tanja ist durchgefallen, sie darf sich nicht „Bachelor" nennen, sondern wird eine neue Ausarbeitung verfassen müssen, um sich diesen Titel zu erarbeiten. Tanja führt ihre Argumente ins Feld, alles was sie zu Hause vorbereitet hatte und noch nicht losgeworden ist, gießt sie wie einen Schwall über den Prüfern aus, sie sitzen regungslos da, wie steinerne, seelenlose Statuen in Bluse oder alten Tweed-Sakkos, die nicht einmal durch den Einschlag einer Bombe unmittelbar neben ihnen, zu einer Emotion zu regen wären. Es scheint, als pralle Tanjas Wortschwall an diesen Menschen ab, wie an einer mit Teflon beschichteten Pfanne, als sei es gar unmöglich für diese, Tanjas Worte überhaupt zu hören. Kritik ist erlaubt, mit Kritik hatte Tanja gerechnet, mit kritischen Fragen und Anmerkungen ebenfalls; aber das, was dieser sogenannte Prüfungsausschuss getan hatte, ist eine persönliche Beleidigung gewesen, nicht nur für Tanja, sondern auch für die gesamte Familie, für den schwer kranken Wolfgang, der nicht mehr der Alte ist und nie wieder der Alte sein wird und für Susanne, die angesichts der Situation die Kontrolle über ihre Psyche verloren hatte. Diese Beleidigung wird Tanja nicht auf sich und der Familie sitzen lassen. Und so kündigt sie noch in dem Prüfungsausschuss an, die Thesis nicht wiederholen zu wollen, sie werde den zweiten Versuch nicht annehmen, was automatisch den Ausschluss aus dem Studium bedeutet – die Exmatrikulation…

9

AUF dem Rückweg weint Tanja, sie ruft Stephanie an und weint sich aus, es ist kaum möglich, Tanja in dieser aufgebrachten Situation ansatzweise zu beruhigen und auch mit rationalen Argumenten kann man ihr in diesem Gemütszustand nicht beikommen. Es ist vielleicht besser, dass Tanja an diesem Tag nicht mit dem Auto zur Universität gefahren ist. In diesem Zustand hätte kein lebender Mensch dafür garantieren können, dass Tanja keinen Unfall baut, dass sie sich nicht um einen Baum wickelt und anschließend dort gefunden wird, im Graben am Rande der Straße. Keiner hätte je gewusst, ob es ein tragischer Unfall gewesen ist oder ein Suizid oder eine tragische Kombination aus beidem. Tanja hätte es unter Umständen geschafft, ihre beiden kranken Eltern nicht zu überleben und das in einem gesunden Zustand und mit zarten fünfundzwanzig Jahren Lebensalter – es wäre gewissermaßen eine Leistung gewesen, doch ohnehin ist diese Überlegung für Tanja hypothetisch, obwohl sie diesen Gedankengang, in der Bahn sitzend, eine Zeitlang spinnt.

Hatte sie das eben wirklich getan? Hatte sie ihr Studium aufgegeben? Drei Jahre lang hatte sie ihr Traumfach studiert, weswegen sie schon in der Schule immer fleißig, ordentlich und strebsam gewesen ist, um es studieren zu können und nun hatte sie das alles aus einer Affekthandlung heraus aufgegeben? Anscheinend ist dem so; und dennoch fühlt es sich in diesem Moment richtig an. Und es war kein reiner Affekt, der Wunsch einer Rücknahme des Geschehenen wiegt bei Tanja in diesem Moment unbedeutend leicht, beinahe nichtig. Ein Trieb hat immer eine Affekt- und eine Vorstellungsdimension. Durch einen inneren Konflikt kann die Vorstellung durch Verdrängung oder andere Abwehrmechanismen unbewusst werden, doch den Affekt kann man nicht verdrängen. Das ist es, was in der klassischen Psychoanalyse nach Freud den Affekt ausmacht. Tanja hätte ihre Reaktion durchaus verdrängen können, sie hätte rationale Gründe vor die bloßen Gefühlsregungen stellen können, doch sie hatte es nicht getan – und das aus gutem Grund. Was für einen Sinn hat es schließlich, ein Fach zu studieren, in welchem man über die menschliche Psyche spricht, die Aufarbeitung der eigenen Psyche aber nicht gut genug zum Bestehen einer Prüfung sein kann? Nichts davon ergibt einen Sinn...

Tanja besucht ihre Eltern, sie hat sich mittlerweile leicht gefangen, wobei sie mit an Sicherheit grenzender Wahrscheinlichkeit davon ausgeht, dass ihre Eltern als nahestehende Verwandte sofort merken, dass mit ihrer Tochter etwas nicht stimmt. Beinahe genauso akribisch wie auf die Verteidigung der Thesis hatte sich Tanja auf das nun anstehende Gespräch mit ihren Eltern vorbereitet. Wie sollte man den Eltern erklären, dass das Studium, welches diese immerhin größtenteils finanziert hatten, nun auf einmal hinfällig sei, dass drei weitere Jahre verschenkt worden waren mit einem einzigen Satz, dass Tanja nun mit fünfundzwanzig Jahren immer noch nichts vorzuweisen hat? Am besten erklärt man es ihnen, wie es ist, man sagt ihnen die Wahrheit und fängt nicht an, mit einem Konstrukt aus Lügen und Ausreden eine nicht existierende „heile Welt" aufzubauen. Wolfgang sitzt in seinem Sessel, es scheint Tanja, als hingen seine Mundwinkel noch ein wenig mehr herunter, als die Tage zuvor, es scheint ihr, als starre er noch ein wenig mehr ins Nichts als vorher; auf dem Glastisch vor der Couch liegt ein angefangenes Puzzle, doch es ist nur notdürftig angefangen, es ist gerade einmal der Rand des Puzzles gelegt und ein paar lose Teile schwimmen in dem Mittelteil des Puzzlebildes, welches noch nicht annähernd zu erkennen wäre, läge nicht der Karton direkt daneben. Es ist ein Strandmotiv, der Strand erinnert Tanja an Italien und an die gemeinsamen Urlaube der Eltern mit der damals noch kleinen Tochter. Tanja sinniert vor sich hin. Wir hatten die Sonne und das Meer, das Leben und die Liebe. Würden wir sie jemals wiederfinden wie in diesen Sommern, mit diesem Glanz und dieser Intensität? Nie wieder" Willkommen Traurigkeit...

Es scheint die Eltern kaum zu interessieren, sie scheinen es im Grunde nicht einmal richtig zu realisieren, dass Tanja da ist und sich um sie kümmern will, sie umsorgen will, für sie da sein will. Die Pflegekraft, die nun jeden Tag für Wolfgang kommt und ihn mit dem Nötigsten versorgt, das Tanja nicht leisten kann, hat den Raum vor kurzer Zeit erst verlassen. Sie hatte zuvor auf dem Balkon gestanden und geraucht und Wolfgang hatte versucht, mit ihr zu reden, auch wenn es ihm sichtlich schwergefallen ist. Tanja versucht einen Smalltalk aufzuziehen, indem sie ein wenig über jene Pflegekraft reden will. Sie wirft in den Raum, dass diese doch eine nette Frau sei. Von Wolfgang kommt keine Antwort, er stiert nur immer wieder den Fernseher an, auf dem die Wiederholung eines alten Fußballspiels gezeigt wird, welches Wolfgang mit Sicherheit live gesehen hat – wie sollte er es auch verpasst haben? Doch scheinbar ist der Fernseher im Moment interessanter als die Tochter, die auch auf die Nachfrage in Richtung des Vaters hin nur ein beiläufiges „Ja" erntet, ein „Ja", das gekommen wäre, ganz egal was Tanja gesagt hätte. Auch bei ihrer Mutter kommt Tanja nicht wirklich weiter, sie liegt beteiligungslos auf der Couch zeigt keinerlei Anstalten, sich in das Gespräch miteinzuklinken. „War die Pflegerin heute da?", ist das einzige, was in diesem Moment aus ihrem Munde kommt. Es ist nicht wirklich ein wertvoller Beitrag zu einer Konversation, doch Tanja kann eigentlich kaum wütend auf ihre Mutter sein, auch wenn sie es gerne wäre, angesichts dieser völlig unpassenden Bemerkungen; doch es ist ja nicht die Mutter, die dort zu Tanja spricht, es ist nicht Susanne, es ist ein Zombie, auferstanden von den Untoten mithilfe einiger teurer Pillen, mit denen die Pharmaindustrie einen Haufen Geld verdient.

Und dennoch ist Tanja geschockt, angesichts des Zustandes der eigenen Eltern. Es ist nicht natürlich, so denkt sie, die eignen Eltern in einem nahezu frühkindlichen Stadium zu sehen, die Eltern so zu sehen, wie sie einen früher gesehen haben, als man selbst klein und hilflos gewesen ist. Wolfgang sagt nichts. Er hält Tanja stumm die leer getrunkene Flasche Cola hin, wohl ein Zeichen für Tanja, die leere Flasche zu entsorgen. Tanja ist wütend, ist sie dafür gut genug? Um Flaschen zu entsorgen, aber wenn sie sprechen und die Eltern aufmuntern will, kommt nicht einmal eine Reaktion? Ihren Plan, von dem abgebrochenen Studium zu erzählen, hat sie längst verworfen. Sie ist wütend und verletzt, sie will einfach nur nach Hause…

Tanja telefoniert mit Stephanie, sie sitzt dabei in sportlichen Klamotten auf dem Bett und hat auf dem Laptop ein Video laufen, das sie nach Bedarf einfach unterbrechen und wieder anfangen kann, ohne dass dies dem Zweck und Ziel des Videos einen Abbruch tun würde; im Moment ist das Video natürlich von der telefonierenden Tanja angehalten worden, damit sie ihre Freundin am anderen Ende der Leitung besser verstehen kann. Aufgrund der Wut, der Enttäuschung, aufgrund der Erlebnisse der vergangenen Tage hatte Tanja beschlossen, mit Stephanie den Trip nach Australien zu wagen. „Work and Travel", quer durch eines der entlegensten Länder dieses Planeten Erde. Es würde ein Abenteuer werden, etwas anderes, etwas, das Tanja den tristen Alltag der vergangen Wochen und Monate vergessen lassen würde. Wenn ihre Eltern ohnehin nicht in der Lage sind, sie wahrzunehmen und mit ihr zu kommunizieren, dann müsse sie auch nicht omnipräsent sein und könne die Pflege für einen begrenzten Zeitraum professionellen Kräften überlassen. Sie würde oft mit den Eltern telefonieren, sie würde Postkarten schicken und Nachrichten auf dem Handy versenden, aber sie wäre eben woanders, weit weg vom Geschehen. Stephanie ist überglücklich, dass das Abenteuer der beiden Freundinnen doch noch zustande kommt. Tanja ist da schon eher ambivalent, was ihre Gefühle angeht…

Tanja arbeitet am nächsten Tag, um sich ein wenig abzulenken, sie wird in den nächsten Tagen vermutlich des Öfteren aus eben diesem Grund arbeiten, was jedoch angesichts ihrer Lage sicherlich verständlich ist. Nicht nur der finanzielle Aspekt, auch der Aspekt der Ablenkung, des „Unter-Leuten-Seins" ist nicht zu verachten. Tanja hat Schwierigkeiten einzuschlafen und damit, ihre Gedanken so zu ordnen, dass wenigstens ein Mindestmaß an Entspannung gewährleistet ist. Sie wälzt ihre Gedanken hin und her, sie lässt die letzte Phase ihres Lebens wie ein Film an sich vorüberziehen – es ist mit Sicherheit die schlimmste Phase, die sie nun in ihrem Leben durchmachen muss. Dies ist mit Sicherheit auch sehr subjektiv, da man seine eigene Lage alleine schon deswegen schlimmer einschätzt, weil es beinahe unmöglich ist, mit sich selbst nicht empathisch zu sein. Doch auch der neutrale Beobachter wird zugeben, dass Tanja eine schwere Zeit hinter sich und wahrscheinlich auch noch vor sich hat…

Tanja denkt an ihre Mutter, die sich nicht einmal die Mühe gegeben hatte, die starke Frau zu spielen und die Verantwortung zu übernehmen; die sich darauf verlassen hatte, dass Tanja diese Rolle schon übernehmen würde. Aber sie denkt auch an Mutter Susanne, als sie jung und fit gewesen ist, als sie Witze erzählt hat und mit Tanja jede Menge Blödsinn gemacht hat, als die acht-oder neunjährige Tanja im Hof mit ihren Freundinnen gespielt hat und die Mutter mit einem Körbchen und einer Schnur eine große Portion Popcorn abgeseilt hatte, um die Mädchen zu versorgen. Sie denkt an den Wolfgang, der ihr stumm die Flasche Cola hinhält, ohne auch nur ansatzweise auf sie einzugehen, an den Wolfgang, der starr und emotionsentladen in seinem Sessel sitzt, Zeitung liest oder mit zittrigem Blick auf die

Wiederholung der Bundesliga im Fernsehen stiert. Aber sie denkt auch an den Wolfgang, der sie abgeholt hat, als sie nachts nach dem Feiern nach Hause wollte, an den, der gefahren ist, als es mit der Familie in den Urlaub gegangen ist, an den Wolfgang, der immer unglaublich stolz auf seine schöne, kluge Tochter gewesen ist. Tanja denkt an das Studium, auf das sie so lange gewartet hat, an den Elan mit dem sie an die Prüfungen, die Vorfreude mit der sie in die Vorlesungen gegangen ist. Und sie denkt an die grausamen Prüfer, an diese Unmenschen, die ihre innersten Gefühle praktisch als wertlos beurteilt haben, an die Kälte diese uralten, verrosteten Bildungssystems, an die unsicheren Jobchancen. Es sind zu ambivalente Gedanken, als dass Tanja tatsächlich gut hätte einschlafen können. Sie dreht sich und wälzt sich hin und her, bis ihr Hirn zu müde ist, um sich weitere Gedanken zu machen und wie von alleine in einen narkotischen Schlaf fällt. Tanja träumt wild und sie träumt nicht gut. Am nächsten Morgen kann sie sich jedoch nicht an ihre Träume erinnern...

Tanja wacht auf und duscht sich, sie frühstückt die letzten, traurigen Reste ihres Kühlschranks, die man ansatzweise verwerten kann und verlässt das Haus mit vielen Gedanken im Kopf; sie vergisst einige wichtige und einige unwichtige Sachen, die in ihre Handtasche gehört hätten, doch es ist ihr mehr oder weniger egal. Auf der Fahrt ertönt traurige Musik aus ihrem Autoradio, es läuft immer noch ihre eigene Trauer-Playlist, auch wenn Tanja diese Lieder bald nicht mehr hören kann. Sie beschließt bei sich, demnächst eine CD mit neuen Liedern zusammenzustellen. Die Frage, ob es die richtige Entscheidung gewesen ist, das Studium zu beenden, beschäftigt sie dabei am meisten. Das Handy piept, Tanja hat es sich abgewöhnt, es auf lautlos zu schalten. Es könnte ja immer etwas passieren, sie lässt es lieber an. In diesem Fall ist die Nachricht von Stephanie. „Ich freue mich schon so auf unseren Trip", dazu ein Foto von einem halb gepackten Koffer. Tanja rutscht ein leichtes Lächeln heraus, sie freut sich auch darauf, mit ihrer besten Freundin ein echtes Abenteuer zu erleben…

Auf der Arbeit in der Werbeagentur angekommen, fährt Tanja ihren Rechner hoch und macht ihren Arbeitsplatz startklar. Sie wird Befragungen durchführen zu irgendeinem neuen Plakat, welches demnächst in den U-Bahn-Stationen hängen soll; sie wird sich gleich einmal anschauen, um was für ein Plakat es sich handelt, welches Produkt dadurch beworben werden soll. Sie hängt ihre Jacke in dem Raum auf, in dem sich die Mitarbeiter sammeln, sie sind Freiberufler, allesamt mal berücksichtigt, mal verschmäht von den Personalplanern der Agentur. Es sind Studentinnen, aber auch ältere Mitarbeiter, die dort sitzen; zwei der älteren unterhalten sich – es sind keine erquickenden Gespräche. Sie seien mehr oder weniger in dieser Branche hängen geblieben, sie hätten den Absprung verpasst, da sie dem schnellen Geld ohne große Qualifikation erlegen seien und nun würden sie die Rechnung dafür bekommen, dass es eben mit über vierzig, fünfzig Jahren keinen Ausweg mehr gäbe. Tanja muss schlucken, sie ist fünfundzwanzig, sie hat keine Ausbildung und kein Studium abgeschlossen, lediglich ihr Abitur, das ihr jedoch auf dem heutigen Arbeitsmarkt nicht wirklich weiterhilft. Sie hätte Psychologin sein können, doch stattdessen wird sie ein halbes Jahr in

Australien, am anderen Ende der Welt durch die Büsche kraxeln und nichts dadurch gewinnen, außer ganz passablen Erinnerungen und ein paar netten Kommentaren auf ihren Social-Media-Profilen. Diese Menschen, die hier arbeiten, sind sehr nett und dennoch hatte Tanja nicht vor, ihr Leben lang einen solchen Job auszuüben. Bis sie etwas Vernünftiges auf die Beine gestellt hat, wird sie fast dreißig sein…

Tanja begrüßt ihre Kolleginnen und Kollegen in dem Aufenthaltsraum, sie kocht Kaffee und räumt ein paar benutzte Gläser vom Vortag in die Spülmaschine. Dabei dreht sich ihr Karussell aus wirren Überlegungen, Ängsten, Schuldgefühlen und Wut in ihrem Kopf weiter. Sie wird nichts mehr erreichen in ihrem Leben, wird Taxi fahren, wie man es den Philosophiestudenten immer prognostiziert, halb scherzhaft, halb im Ernst. Oder sie muss putzen gehen oder froh sein, wenn ein reicher, schmieriger, älterer Herr sich ihrer erbarmt und es zulässt, dass sie sich von ihm aushalten lässt. All die Anstrengungen in der Schule und an der Universität sind die reinste Zeitverschwendung gewesen – ohne Ziel, ohne Sinn und Verstand. Und – so Tanjas Überlegungen – daran seien zu einem Großteil ihre Eltern schuld: ihr Vater, der nicht gekämpft hatte, der sich hatte gehen lassen und nicht, wie man es von ihm erwartet hätte, alle Kräfte mobilisiert hat, um sich gegen seinen Verfall zu stemmen; ihre Mutter, die sich keine Mühe gegeben hatte, einmal stark zu sein und sich um die Tochter zu kümmern, die ihre Medikamente nimmt und sich damit in die verantwortungslose Welt des Deliriums verabschiedet. Tanja ist wütend und hat im Moment kein Interesse daran, rationale Überlegungen zu bemühen, um die Wut zu lindern. Sie will wütend sein, sie ist der Meinung, dass sie ein gutes Recht dazu hat, wütend und enttäuscht zu sein. Sie will sich nicht mehr am Riemen reißen und so tun, als sei alles in Ordnung, weil eine scheinheilige gesellschaftliche Doppelmoral es von ihr erwartet. Wer will Tanja, nach allem was sie durchgemacht hat, diese Gedanken verübeln? ...

Mit dieser Wut im Bauch fährt Tanja nach der Arbeit zu ihrem Elternhaus. Sie wird dort nur Wolfgang antreffen, da Susanne sich wieder einmal im Krankenhaus befindet. Sie hat scheinbar Probleme mit dem Darm wegen der vielen aggressiven Medikamente. Tanja wird nichts sagen, sie wird ihrer Wut keinen freien Lauf lassen, sie wird nicht schreien, sie wird nicht aufstampfen – aber sie wird eben nicht mehr die bedingungslos hingebungsvolle und aufopferungsvoll liebende Tochter sein, die alles erträgt als wäre es selbstverständlich. Sie wird ihren Dienst mehr oder minder wie eine professionelle, bezahlte Pflegekraft verrichten: ohne zu große emotionale Bindung, ohne übermäßiges Engagement bis hin zur Selbstaufgabe. Dass Wolfgang ihr Vater ist und bleibt wird sich dadurch zeigen, dass Tanja eben nichts dafür verlangen wird, sondern diese Dienste aus Verbundenheit verrichtet. Tanja fährt in die Straße, an deren Ende das Elternhaus liegt. Die Straße ist eng und unübersichtlich, man kann nicht einmal annähernd bis an ihr Ende sehen. Und dennoch beschleicht Tanja ein ungutes Gefühl, als sie in die Straße einbiegt...

Das Gefühl potenziert sich, je mehr Tanja darüber nachdenkt, je näher sie ihrem Ziel kommt, erst fährt sie langsamer, dann schneller, bis sie schließlich in der Hofeinfahrt ihres Elternhauses angekommen ist. Es steht ein Krankenwagen mit Blaulicht davor, das Blaulicht leuchtet, das ohnehin schrille, nervenaufreibende Geräusch der Sirene bedeutet für Tanja noch mehr Qual, als für jeden anderen Menschen hier in dieser Straße. Die Tür des Hauses ist offen, die Türen des Krankenwagens sind zu. Tanja steht wie versteinert da, der Nachbar der Eltern, ein älterer, gemütlicher Herr mit weißem, lichtem Haar einem bordeauxroten Pullover und einer Pall-Mall-Zigarette in der Hand steht daneben. Er nimmt Tanja in den Arm, er kennt das Mädchen schließlich seit es laufen kann und Tanja vertraut diesem älteren, netten Mann. Er habe in den letzten Tagen vermehrt nach Wolfgang gesehen, die Pflegerin sei ja nicht immer da gewesen und da die Mutter im Krankenhaus sei, habe er ein ungutes Gefühl gehabt. Heute hätte er gesehen wie Wolfgang aufgestanden sei, um zum Kühlschrank zu laufen, wie er das eben öfters so tue. Doch dann sei er nicht auf den Sessel zurückgekehrt und auch sonst nirgends durch das Fenster zu sehen gewesen. Nach zwei Minuten habe er den Krankenwagen gerufen – eine goldrichtige Entscheidung...

Tanja ist dem Nachbarn der Eltern sehr dankbar, dass er dies getan hatte. Sie weiß nicht, was sie noch sagen soll; alles, was sie vor ihrem Besuch über Wolfgang gedacht hatte, alle negativen Gedanken, all der Zorn, die Wut sind auf einmal weggeblasen von einem milden, sanften Wind der Vergebung. Tanja unterdrückt ihre Tränen, nur ein paar vereinzelte laufen ihre zarten, hohen Wangenknochen herunter und tropfen auf den Boden; ein paar Tropfen auf einem kalten Stein. Der Nachbar hält noch immer den Arm um Tanja. Halb bei Bewusstsein, halb in einer merkwürdig nebulösen Trance fragt Tanja den Sanitäter, wann sie denn zu ihrem Vater könne. Dieser sei noch nicht außer Lebensgefahr, sie versuchten ihr bestes, aber es sei noch nichts abzusehen, Tanja würde dann informiert werden, wenn es einen neuen Stand gebe, sie können sofort ins Krankenhaus kommen. Doch irgendwie klingt dieser Sanitäter nicht sehr optimistisch. Tanja betritt das leere Elternhaus; es ist unaufgeräumt, ein halbfertiges Puzzle liegt eingestaubt auf dem Tisch, ein paar gespülte und ein paar ungespülte Teller und Tassen stehen auf der Arbeitsplatte der Küche. Tanja sieht sich um, in dem Haus, das sie wie kaum eine andere kennt und doch nicht wiedererkennt, so wie es jetzt ist. Es ist traurig, aber die positiven Erinnerungen an diesen Ort werden vollends durch das Leid der vergangenen Zeit überschrieben. Es ist so, als klebe das Leid an den Tapeten an der Wand – ein wenig erinnert Tanja dieser Ort, in dem bis vor kurzem lebende Menschen gewohnt haben, an ein Geisterhaus. Tanja stößt auf die alten Vorräte an Whisky, die ihr Vater noch in seiner Vitrine gelagert, aber seit seinem ersten Schlaganfall nicht mehr angerührt hat. Tanja trinkt nie Whisky, doch sie trinkt Whisky, wenn auch nicht viel. Ein Schluck fürs Vergessen, ein Schluck für den Schmerz, ein Schluck für die Trauer...

10

WÄHREND Tanja auf den Anruf des Krankenhauses wartet, beschließt sie auch dieses letzte, traurige Kapitel der Tage nach dem Abbruch des Studiums in Textform zu verarbeiten. Sie erhofft sich davon den erneuten therapeutischen Effekt, sowie die Ablenkung von den unsteten Gedanken, die beim Warten auf so einen entscheidenden Anruf zwangsläufig entstehen. Tanja schreibt und schreibt, sie befindet sich wieder in einem „Flow". Diese Prüfer sind letztlich an allem Schuld, wären diese nicht gewesen, dann wäre sie nie sauer auf ihren Vater gewesen, auf diesen lieben Menschen, der immer für seine Tochter da gewesen ist und sich gekümmert hat. Nur, weil man nicht ein einziges Mal von der Konvention abweichen konnte, wie soll denn die Kreativität, das selbstständige Denken junger Menschen ernsthaft gefördert werden, wenn man immer nur an alten Regeln halten muss? Ebenso die Deutsche Rentenversicherung, vielleicht hätte man Wolfgang helfen können, wenn man über den Tellerrand hinausgeschaut hätte, wenigstens einmal seinen Ermessenspielraum im Sinne der Menschlichkeit genutzt hätte? Es sind viele Konjunktive in diesen Überlegungen, was diese jedoch noch lange nicht abwegig macht. Tanja beschließt, „*Das Manifest des Unglücks*" an einen Verlag zu schicken, vielleicht würden die Verleger ihre Betrachtungen ja mehr zu schätzen wissen, als die Bürokraten…

Endlich ist der Anruf gekommen, auf den Tanja seit Stunden wartet. Es sind keine guten Nachrichten, Wolfgang sei im Grunde nicht mehr zu retten, der zweite Schlaganfall sei schlimmer, als der erste, man könne wenig für ihn tun. Man beatme ihn und tue das Beste, doch Tanja solle sich bereit machen, Abschied von ihrem Vater zu nehmen. Sie weint und sie trinkt noch einen Schluck Whisky, den sie geschmacklich abscheulich findet – genau das richtige in dieser Situation also. Sie fährt Auto, obwohl sie nicht ganz fahrtüchtig ist, aufgrund der Tränen und aufgrund des Alkohols. Immerhin gleicht sie den Flüssigkeitsverlust so wieder aus – ein relativ wirrer Gedankengang, doch Tanja ist ja nun auch keine angehende Psychologin mehr...

Sie steht vor den Türen des Krankenhauses; es ist ihr noch nie so schwer gefallen, ein Krankenhaus zu betreten, auch wenn Tanja noch nie in der Lage gewesen war, leichten Fußes und unbeschwerter Gedanken ein Krankenhaus zu betreten. Diesmal würde es schwerer als je zuvor, sie wird sich von ihrem Vater verabschieden müssen. In einem so großen Krankenhaus gibt es wenig Zeit für Emotionen, wenig Zeit für Umarmungen, für Trost, für Beileid. Tanja könnte in dieser Situation eine starke Schulter ganz gut gebrauchen, doch sie hat keine, an die sie sich anlehnen könnte. Ihre Mutter ist selbst krank, Tanja denkt an sie, doch auch gegenüber Susanne sind die wütenden Gefühle verblasst, sie denkt an ihre arme, weggetretene Mutter, die im Delirium auf einer Station liegt und nicht einmal in der Lage wäre zu realisieren, dass ihr Mann im Sterben liegt, wenn man es ihr mehrfach erklären würde. Tanja kritzelt, beinahe vollkommen unleserlich, in ihren Block, dass eine Kritik an der Pharmaindustrie und die Praxis der ständigen Verschreibung von Pillen Bestandteil ihres Werkes werden müsse, dass „*Das Manifest des Unglücks*" diesem Aspekt ein eigenes Kapitel widmen würde…

All diese Gedanken und Notizen sind lediglich dazu gedacht, das Betreten des Zimmers zu verzögern, in dem Wolfgang liegt. Tanja geht es schlecht, ihr Magen scheint sich auf links gedreht zu haben, sie weiß nicht mehr, was sie denken soll und was nicht. In dem furchtbar nach Tod stinkenden Aufzug kniet sie sich hin, sie schwitzt, obwohl sie objektiv betrachtet keine körperlichen Anstrengungen hinter sich hat. Ihr steckt ein riesiger Klos im Hals, sie kann kaum schlucken, kaum atmen, ihr schnürt sich die Kehle zu. Der Aufzug ist angekommen, die Türen öffnen sich. Laut ihrem Spiegelbild ist Tanja kreidebleich. Vor der Tür steht ein Araber, der mit einem Krückstock zum Aufzug gelaufen ist. Ob alles in Ordnung sei, fragt dieser, ob man Tanja helfen könne. Sie hat diesen fremden Araber noch nie zuvor gesehen und dennoch ist er im Moment der netteste Mensch, den Tanja sich vorstellen kann…

Sie betritt das Zimmer, es herrscht Totenstille, es ist unangenehm und bedrückend, die Luft ist schwer und riecht nach Verwesung, obwohl ihr lieber Vater noch lange nicht verwest ist und auch nicht so aussieht. Er ist dünn geworden, sein Gesicht eingefallen, er sieht nicht mehr aus, wie der Alte, aber er sieht sich immer noch ähnlich – man würde ihn erkennen, wenn man ein altes Foto neben sein Gesicht hielte und fragte, wer denn auf diesem Foto abgebildet sei. Tanja schaut Wolfgang ins Gesicht – ihrem Vater, dem liebevollen, dem besten! Er liegt ganz friedlich da, er verzieht keine Miene, man hört ihn leise, aber sehr schleppend und unregelmäßig atmen. Er kann objektiv und medizinisch betrachtet eigentlich nichts mehr mitbekommen, doch Tanja ist sich sicher, dass er noch etwas mitbekommt. Das Zimmer ist ein Krankenhauszimmer wie jedes andere auch, es ist medizinisch und clean, es riecht nach dem Alkohol in den Desinfektionsmitteln. Keine Bilder von der Familie, keine Möbel, die Wolfgang an sein Zuhause erinnern können, es sind keine bunten Farben an der Wand, nicht einmal Blumen stehen neben seinem Bett. Tanja hätte sich einen angenehmeren Ort vorgestellt, an dem Wolfgang sterben würde – eigentlich hatte sie sich bisher überhaupt keinen Ort vorgestellt, an dem ihr Vater sterben würde; sie hatte sich trotz allem nicht sehr intensiv mit dieser Frage befasst. Naiver Verdrängungsmechanismus. Tanja ist auf ihre eigene Psyche hereingefallen, vielleicht ist es ja besser, dass sie keine Psychologin geworden ist...

Tanja redet mit Wolfgang, sie redet auf ihn ein, sie redet ihm gut zu, sie redet mit ihm, als wäre er noch da, als könne er alles verstehen, als sei er nur in einem Schlummer, in dem er alles hören und verarbeiten kann, allerdings aus Trägheit nichts erwidert. Tanja ist das herzlich egal, sie hält die Hand ihres Vaters, sie will einfach nur bei ihm sein, ihm beistehen, wie er ihr beigestanden hatte, als sie ein kleiner hilfloser Säugling gewesen ist. In diesem Moment empfindet sie nur noch Milde und Liebe für ihn und sie kann ihn einfach nicht loslassen. Draußen sind Krankenschwestern und ein Arzt, sie sind nicht im Raum, alles, was nötig ist, um ein sanftes Hinübergleiten ins Jenseits zu ermöglichen, ist bereits in die Wege geleitet worden. Diesen Moment hat Tanja mit ihrem Vater alleine. Er atmet nun nur noch in unregelmäßigen Seufzern, es ist mehr ein Keuchen, ein Schnappen nach einem letzten Hauch Luft, denn ein geregelter Atmungsprozess. Sein Herz schlägt immer langsamer, es pocht laut und unregelmäßig. Tanja spürt, dass es bald niemanden mehr auf Erden geben wird, den sie ihren Vater nennen kann, dass das letzte bisschen Leben aus dieser Hülle des Menschen Wolfgang weichen und seinen Frieden an einem höheren Ort finden wird. Ein leichtes Ächzen des Vaters und Tanja ist der festen Überzeugung, dass Wolfgang gerade ihren Namen gesagt hat und so etwas wie „mein Mädchen" hintendran. „ja, ich bin dein Mädchen", antwortet Tanja mit Tränen in den Augen, „und Du bist mein Papa". Tanja weiß nicht, ob sie noch etwas sagen soll, ihr fällt nichts Gescheites ein. Wolfgang sieht ziemlich friedlich aus für jemanden, der im Sterben liegt, vielleicht leidet er gar nicht, vielleicht ist er heilfroh, endlich seine leibliche, irdische, zittrige Hülle verlassen zu können und wieder der zu sein, der er immer gewesen ist – lustig, munter, lebensfroh. „Du wirst immer mein Papa bleiben", sagt Tanja zu ihm. Er röchelt, er reagiert, es ist wie ein kleines Wunder, was da als Kehllaut mit einem letzten Rest Spucke aus seinem Mund kommt. Tanja ist in Tränen aufgelöst. „Gute Nacht, Papa", sagt sie, weint sehr und fängt sich kurz wieder, „gute Nacht". Es ist Wolfgangs letzter Atemzug, er stirbt in diesen Sekunden. Tanja sitzt neben einem toten Mann, neben einer leblosen Hülle. Sie stiert diese leblose Hülle an, wie diese leblose Hülle vor ihrem klinischen Tod den Fernseher angestiert hat. Irgendwie sieht Wolfgang friedlich aus, erlöst, erlöst von der Pein und der Qual eines irdischen Daseins. Ist Tanja lange da gewesen, eine halbe Ewigkeit oder wenige Sekunden?

Sie vermag es nicht zu beurteilen, sie verlässt das Krankenhaus, es ist kalt, die Luft ist klar und es ist windig. Es ist stockdunkle, tiefe Nacht. Tanja setzt sich ins Auto. Sie macht das Radio komplett aus und fährt einfach geradeaus...

Tanja fährt mit ihrem treuen Auto nach Hause, sie schreibt und schreibt, es ist eine Therapie, wie sie sich Freud persönlich nicht besser hätte ausdenken können. Aus den ursprünglichen vierzig Seiten für die Bachelor-Thesis sind 241 Seiten geworden, ein stattlicher Roman also. Tanja schickt das fertige *„Manifest des Unglücks"* an einen Verlag und fährt den PC sofort herunter – ein Stück ihrer Arbeit ist damit getan. Ihr Handy ist seit Stunden lautlos und hat nur noch fünf Prozent Akku. Schließlich packt Tanja ihre Koffer, schließlich geht es für sie bald nach Australien. Sie macht ein Bild des halbvollen Koffers und schickt es an Stephanie mit dem Text „Kann losgehen!". Am nächsten Morgen treffen sich die beiden am Flughafen. Die beiden Frauen nehmen sich in den Arm, es tut gut, Tanja kann die starke Schulter förmlich spüren. Man muss in einer solchen Situation nicht viel reden, man muss es einfach passieren lassen – und die beiden lassen es passieren. Flug 417 nach Sydney. Das wird die Maschine sein, die die beiden in ihr größtes gemeinsames Abenteuer verfrachten wird... Oder? Ist nicht das Leben das größte Abenteuer, schreibt nicht das Leben immer noch die verrücktesten Geschichten? Für Tanja beginnt hier ein neuer Abschnitt, sie führt wieder nur ihr eigenes Leben, nicht mehr das Leben der Anderen zusätzlich zu ihrem. Alleine diese Tatsache ist eine enorme Befreiung.

Tanja steigt in den Flieger, er hebt ab, die Welt scheint doch so klein und nichtig, wenn man im Himmel ist...

EPILOG

ES ist ein sonniger Sonntagmorgen und keine schlechten Gedanken liegen in der Luft, nur ein sanftes Lüftchen weht bei angenehmen Temperaturen und Sonnenschein, als der Flug mit der Nummer 312 aus Melbourne am Frankfurter Flughafen landet. Neben vielen anderen Gestalten aus aller Herren Länder steigen auch zwei gut gelaunte, braun gebrannte junge Frauen aus, voller Elan und froh, ihre Heimat wieder zu sehen. Sie lachen, sie scherzen, sie haben eine Menge zusammen erlebt und sie werden diese Erinnerungen für immer teilen. Sie steigen in ein Taxi und fahren nach Hause, auf dem Weg hält das Taxi an einer roten Ampel, unmittelbar vor der Universität; Tanja muss leicht grinsen, als sie den Uni-Campus sieht. So viele Erinnerungen liegen hier, sie fahren am Krankenhaus vorbei und Tanja schaut auf ihr Handy, Stephanie sagt nichts und guckt ein wenig betreten aus dem Fenster. Ohnehin schweigen die beiden, es ist ein angenehmes, stilles, einvernehmliches Schweigen. Sie haben sehr viel Zeit gehabt, sich auszutauschen in den letzten sechs Monaten.

An einer Litfaßsäule hängt ein Plakat, auf dem Werbung für ein Buch gemacht wird, das Buch hat einen schwarzen Einband und ein paar goldene Schnörkel auf dem Cover, es sieht kaum aus wie eine Neuerscheinung, das Plakat scheint schon ein paar Tage dort zu hängen. *„Das Manifest des Unglücks"*, liest Stephanie mehr für sich vor, „klingt ja gruselig". Tanja stockt kurz, nachdem sie eine kurze Sekunde gebraucht hat, um das Gesagte zu realisieren. Tanja fragt den Taxifahrer, ob er wisse, was das für ein Buch sei. Es sei in den letzten Wochen berühmt geworden, man habe im Radio und in der Zeitung darüber berichtet, es sei als emotionales und packendes Werk von den Kritikern in den Himmel gelobt worden, erzählt der Taxifahrer. Er ist Araber und hat eine spezielle Vorrichtung an den Pedalen, da er hinkt und einen Krückstock braucht. Tanja reibt sich die Augen; ganz offensichtlich ist sie nicht im Flieger eingeschlafen. „Was ist los?", fragt Stephanie. Tanja kann nicht antworten, zu viel passiert gerade in ihrem Kopf. Als sie an Wolfgang denkt, wird sie ein bisschen traurig.

„Was man tief in seinem Herzen besitzt, kann man nicht durch den Tod verlieren." (Johann Wolfgang von Goethe)

ZUGABE:

Das Glück

Das Glück sucht ihn an diesem Abend heim, den erfolglosen Autor. Zuvor hatte er stundenlang über seine nächste Geschichte gegrübelt, die ihm den großen Durchbruch ermöglichen würde. Endlich würden die Leute ihn ernst nehmen, ihn und seine Literatur, seine Ideen; sie würden ihn feiern für seine Weitsicht, schon jetzt die Themen von morgen aufzugreifen und sie würden ihn loben für seinen Stil, seine bildhafte, lebendige Sprache.

Doch das hatte er schon oft gedacht und niemals hatte ihn jemand für seine bisherigen Werke gelobt, niemals hatte das Feuilleton einer großen Zeitung über seine Werke geschrieben. Und so hat sich der erfolglose Autor eingerichtet mit einem Abend voll Wut, voll Verzweiflung, voll Bitterkeit mit einem Glas Bitter Lemon und Gin; billigem Gin und billigem Whisky.

Er weiß, er würde an diesem Abend ausgehen und mit anderen erfolglosen Künstlern, mit dem unterschätzten Singer-Songwriter, mit der zu wenig kommerziellen Malerin, an einem Tisch sitzen und trinken. Oder er würde seine Sorgen in Bier ertränken auf der Couch seines guten alten Freundes. Der Abend ist also strikt verplant. Und nun sitzt es da, das Glück und es will ihm seine Pläne durchkreuzen.

„Was willst du hier, du kommst ungelegen!"

„Ich komme genau zur rechten Zeit, mein Freund. Auch wenn Du das nicht so sehen willst, aber Du brauchst Glück, Du kannst dich nicht alleine auf dein Können verlassen. Du hast das Können, Du bist gut, aber ohne mich wirst du niemals groß rauskommen, Du wirst in der Szene geschätzt bleiben und von den alternativen Literaturzeitschriften, aber nicht vom Feuilleton. Mit mir kannst Du alles haben, Du wirst erfolgreich aber bleibst auf dem Boden, Du hast Geld aber protzt nicht damit. Du wirst ein bekannter Autor, der Mainstream und Underground gleichermaßen glücklich macht."

Der erfolglose Autor weiß nicht wie ihm geschieht, er raucht seine Zigarette auf und drückt sie im Aschenbecher vor ihm auf dem Tisch aus.

„Was treibst Du für Spiele mit mir? Wo warst Du all die Jahre, in denen ich hier gelitten habe? Wo warst du in meiner Kindheit, in meiner Jugend? Wo warst Du, als ich fast – aber nur fast – einen Buchvertrag bekommen hätte? Nein, Du warst nicht da! Wo warst Du, als ich fast – aber nur fast – mit meiner großen Liebe zusammengekommen wäre? Du warst nicht da! Warst bei einem, der ohnehin schon genug hat und hast ihm geholfen noch mehr zu bekommen. Warst bei einem Betrunkenen, der Auto gefahren ist und nicht von der Polizei erwischt wurde! Nein, mit Dir bin ich fertig, Glück! Mit Dir habe ich abgeschlossen!".
„Du bist ein undankbarer Mensch! War ich nicht da, als du deinen Schulabschluss mit mehr meiner Person als Verstand geschafft hast? War ich nicht da, als du über Nacht betrunken den Ofen angelassen hast, mit lauter Kroketten

darin und nichts passierte, außer dass dein Essen verkohlte? War ich nicht da, als Du diese Wohnung gefunden hast, obwohl du ein erfolgloser Autor bist?".

„Du sagst es war Dein Verdienst, doch vielleicht war es auch mein Können".

„Du weißt nicht, wie so etwas läuft, du kannst es nicht wissen, ich nehme es Dir nicht übel und doch solltest du ein wenig dankbarer sein. Vergiss was war, deine Zeit kommt jetzt!".

„Nach all den Jahren…".

„Es wird Zeit".

„Die Zeit ist schon längst gewesen, ich bin durch, ich habe mich arrangiert mit dem Frust, der Trauer, dem Alkohol. Siehst Du, so wie du mich im Stich gelassen hast, lasse ich dich jetzt im Stich. Ich habe einen anderen: Das Unglück, die Trauer Die dunklen Wolken, die meinen Kopf durchziehen. Wie soll ich denn dein Strahlen ertragen, wenn in meinem Kopf seit Jahren Finsternis herrscht?".

„Es strahlt nur kurz, danach ist es ein angenehmes Leuchten".

Der erfolglose Autor ist nun vollkommen überfordert, er ist wütend, dass ausgerechnet nun, als er sich mit seiner Depression eingerichtet hatte, das Glück etwas von ihm will. Auf einmal soll es einen Ausweg geben, nachdem er allen von seiner Ausweglosigkeit erzählt hatte?

„Nein, geh Du hin und schütte dein Füllhorn für die Politiker, für die Banker und Manager und die Spitzensportler aus, so wie du es immer tust, lass mir meine Trauer, lass mir meine Wut:

Geh hin und verschwinde,
Bevor ich mich winde,
Dir nachzulaufen,
Und ernsthaft zu glauben,
Das Glück sei mein,
Welch scheußlicher Reim!
Ich hätte Talent,
Das keiner erkennt,
Welch Spott, welch Pein,
Welches Talent soll das sein?
Liegt das Glück mir zu Füßen,
Bei Wasser und Brot?
Will mir mein Leben versüßen?
Nein, das Glück ist tot
Und lässt dich grüßen!"

„Statt wegzurennen,
Solltest Du mich erkennen,
Die Chance ergreifen,
Statt nach mir zu keifen,
Du tust mir so leid,
Doch mit etwas Zeit,
Begreifst Du dein Glück,
Dann kehr ich zurück"

Und das Glück verlässt den erfolglosen Autor wieder. Es schwebt wie eine sanfte Brise durchs offene Fenster. Der erfolglose Autor reibt sich die Augen und trinkt einen großen Schluck Whisky.

-ANHANG-

Ein Interview mit Yannick Liebe über „Das Manifest des Unglücks".

Herr Liebe, wer ist eigentlich Tanja?

Sie ist die Protagonistin meines Buches, Sie müssen es nur lesen, dann finden Sie es heraus.

Ich meine wer hat sie zu dieser Figur inspiriert? Ist sie autobiographisch?

Ein Stück weit vielleicht schon, aber ein viel größeres Stück weit auch nicht. Sie vereint gewissermaßen meine Perspektive mit der einer anderen Person aus meinem familiären Umfeld, die mir sehr wichtig ist. Für sie habe ich dieses Buch geschrieben. Mehr müssen Sie nicht wissen.

Ist dieses Buch tatsächlich eine „Anleitung zur unglücklichen Gestaltung des Lebens?"

Ich glaube es versucht eher das Gegenteil, die Frage, die Tanja sich stellt, ist ja eigentlich, wie man es schaffen kann trotz eines so schwerwiegenden Ereignisses, das vieles im Leben verändert, nicht in ihrer Trauer zu versinken, sondern weiterhin ihr eigenes Leben zu leben. Das Problem an einer solchen Situation ist ja, dass man sich nicht auf die eigentlichen Bedürfnisse fokussieren kann, man muss sich mit Behörden herumschlagen und mit den Erwartungen der Gesellschaft. Es ist furchtbar, dass wir von Trauernden und Leidenden ein bestimmtes Verhalten erwarten, das setzt sie zusätzlich unter Druck, dabei geht jede/r mit seinen oder ihren Gefühlen anders um.

Also ist das Buch in erster Linie eine Kritik an der Gesellschaft?

Es ist eine Geschichte, eine sehr persönliche Leidensgeschichte, mit allem was dazugehört, die Gesellschaft muss man miteinbeziehen, sie gehört mit dazu. Ich glaube manche Gefühle kann man am besten verarbeiten, wenn man sie mit sich selbst ausmachen darf. Die Trauer würde ich dazu zählen. Wie Sie die Geschichte lesen wollen und ob Sie in ihr Gesellschaftskritik sehen wollen, überlasse ich Ihnen.

Vielleicht auch als eine persönliche Abrechnung mit Behörden?

Ich brauche keine persönliche Abrechnung, alle Rechnungen, die ich mit Behörden offen habe oder hatte, sind weitestgehend beglichen. Ich schildere nur, wie sich ein Mensch in dieser Situation fühlen könnte, wenn er sich mit den Behörden herumschlägt. Diese arbeiten leider oft etwas intransparent, sie werden als ungreifbare Instanz wahrgenommen, derer man sich nicht erwehren kann. Ein bisschen wie bei Kafkas „Schloss". Ich will natürlich auch die Behörden ein bisschen kitzeln, die Bürokratie ist nicht von Grund auf unmenschlich, sie ist Bestandteil des Rechtsstaats, sie sollte sich aber auch ein bisschen besser präsentieren und offen für Veränderungen sein. Zu vieles erinnert noch immer an Max Webers *Bürokratietheorie*, die immerhin schon über hundert Jahre alt ist.

Wie geht es mit Tanja weiter? Planen Sie eine Fortsetzung?

Das müssen Sie Tanja fragen. Aber ernsthaft, ich plane keine Fortsetzung des Stoffs. Vielleicht ergibt es sich eines Tages, dass ich noch eine Geschichte zu Tanja erzählen möchte, aber ich glaube ich lasse sie erstmal ein bisschen in Ruhe, sie hat schließlich viel durchgemacht.

Möchten Sie den Leser*innen noch eine Empfehlung geben? Wie soll man mit Trauer und Leid innerhalb des eigenen familiären Umfeldes umgehen?

Meine einzige Empfehlung ist: gehen Sie so damit um, wie es für Sie richtig ist. Es gibt kein richtiges oder falsches Verhalten, das ist nur die Gesellschaft, aber Sie müssen der Gesellschaft nicht genügen, hören Sie auf Ihre Gefühle, auch wenn das kitschig klingt, aber ein so emotionales Thema kann man nur bedingt rational fassen. Ich wünsche allen Leserinnen und Lesern, dass Sie eine solche Situation nie oder zumindest nicht noch einmal erleben müssen. Es berührt mich immer, wenn ich Rückmeldungen von Leuten bekomme, die eine ähnliche Situation erlebt haben und vielleicht sogar ähnliche Gedankengänge wie meine Protagonistin hatten. Die Gespräche mit diesen Leuten bekräftigen meine These: Es gibt nicht den einen richtigen Weg. Menschen gehen unterschiedlich mit Gefühlen um und das ist wunderbar.

Vielen Dank für das Gespräch Herr Liebe

Sehr gerne. Bleiben Sie gesund.

In Erinnerung an zwei wunderbare Menschen.